ぼうふら漂遊記

TakehiRo
iroKaWa

色川武大

P+D
BOOKS
小学館

目次

ヴェガスの朝の月

カミさんと別れたので、記念にひとつ、なにかとめどもなくくだらないことをしてやろうと思う。

すると、元カミさんがこういった。

「そういうことを考えるから武ちゃんはずるい。元あたしというものがありながら——」

そういうことといったって、まだ何をするか、考えついちゃいない。

「どういうことにしたって、ひとりで遊ぶんでしょう。ずるいわ。あたしもやるわよ」

「そりゃご自由だ。君はもう君の責任ですべてを定めればいい」

「ひどい人ねえ」

「しかし我々はもう別れたンだ」

「つい昨日までは一緒だったわ」

「うん——」

「あたしだって、男を、つくるわよ」

「もちろんそうすべきだと思う」

「——で、何をしようと思ってるのよ」

「そうだな——」

「遊んでる身分じゃないでしょう。働きなさいよ」

元カミさんは不機嫌だ。私の方も、新しいカミさんを造ってから別れるという手続きを怠って、そそっかしく事を運んでしまったために、ぽつんとがらんどうの部屋にとり残された感じで、機嫌がいいとはいいかねた。まったくカミさんというものは、有って不便、無くて不便、不便きわまる代物だ。

さて、そこで、何をしよう。

もう五六年前のことになるけれども、アキレタボーイズ麻雀《マージャン》新選組というグループをつくって、おおいに遊んだ。あれは面白かった。言語道断陋劣《ろうれつ》無残というところが実によい。けれども、唯一の欠点は飽きるということで、どんなことだって飽きてしまっては何の取柄もない。そのくらいなら働いている方がよっぽどよいので、そこを乗り越えて遊ぶとなるとなかなかむずかしい。

私は、寒々しい部屋で、元カミさんのお情けでひとつだけ残してもらった小型のガスストーブに股火鉢《また》をして、口から出まかせの鼻唄を唄った。

天上天下神はなく
罪はあれども罰はなし
ただ官能を刺激して
とりとめもなく我は在り

あっというまにアメリカに来た。ロサンゼルス国際空港についた飛行機のタラップをしかつめらしい顔つきでトコトコと降り、同じくそのしかつめを顔の表面に残したまま、ウエスタン航空の飛行機のタラップを昇るために、いったん国際線の建物を出て、黙々と街路を歩いた。いつ来てもそうだが、この国で一番先に眼に入るのはだだっ広い道路であり、その上を右往左往する車である。

ロス在住の日系人で、某という功成り名とげた老夫婦が居るが、夫妻は週に一度、必ずラスヴェガスに向けて車を駆る。それが無上の楽しみなのだそうで、私もあるときその車に同乗させて貰ったことがあるが、まことに壮烈、鬼神をも泣かしむる趣がある。八十歳に近いご亭主がハンドルを握り、妻女が助手席に坐って、

「グランパ、右にハンドルを切って」

或いは、

「はい、信号青、どうぞ」

それからまた、

「スタップ――!」

だとか、

「この先左へカーブよ、そろそろスピードを落して」

ことごとに指令する。ご亭主、苦笑まじりに、うちのグランマは口がうるさい、などといっているが、なんぞはからん、グランパは底翳《そこひ》でほとんど視力がないのである。

「なァに、街を出ればまっすぐだから――」

ロスからヴェガスまで砂漠をまっすぐに、盲目に近い老人が弾丸のように往復するわけで、ドンブリで茶漬をかっ喰らうような、いかにもアメリカらしい大味な話ではあるまいか。

その直線道路の上をさらに大味に飛行機でひと飛びしている。この飛行機は自由席なので、おくれていってアメリカ人の間にはさまった席にでも坐ろうものならひどい目に会う。アメリカ人というのは世界中で一番屈託のない人種で、それが遊び場に行くのだからいやがうえにも外向的になって、こちらが何故、しかつめらしく黙々としているかを考えない。まず煙草をすすめてくる。片手でことわると今度はガムである。そこで手を出せばぺらぺらッとくるきっかけになるから、いずれも無視してしまう。すると黙るどころか、いい旅だな、心が弾むな、ねえ君、君はどこから来た、何人《なにじん》だ、ホンコンかい――。

そういえば先年、パリのアメリカ系ホテルに止宿していたとき、こんなことがあった。言葉のできる相棒が寝坊なので、私は朝の時間をもてあまして、毎朝街路をひとりで歩いてくる。ある朝ホテルに帰ってきて自動のエレベーターを一人で動かそうとしていたら、おりあしく、米人老夫婦があとから乗りこんできた。アメリカ人で老夫婦ときたらこれはもう百年目である。

お早よう、いい朝ですな、ペラペラペラペラペ。

私の階は十六階で、老夫婦も奇《く》しくも同じらしい。エレベーターがまたのったりしてやがる。

ペラペラペラペラペラペ。

私は意を決して重い口を開いた。ノウスピーキング、というつもりで、

「ノウ、スモウキング――!」

舌がひきつっているくせに、そういうときは大きな声が出る。ノウスモウキング。誰も煙草など吸ってない。老夫婦はぎょっとなった顔つきでぴたりと口をつぐんだ。

あとで相棒がこういった。いいまちがえてよかったね、あんたがいいたいのは、アイキャーント スピークイングリッシュ。ノウスピーキングなら、黙れッ、ってことだ。ちゃんといえてたら殴られてたかもしれないよ。

だから、隣が外人だとなると、坐るより先にさっと居眠りに入る。私は幸い寝つきはひどくよいが、長い時間、身動きもせず押し黙って寝放しというのは辛い。で、早目に機内に入って、窓際の席をとり、今回の相棒であるミセス・アンを隣に坐らせて防波堤とした。幸いなことに彼女の向う側に坐ったのは日本人で、万全のうえに目張りをしたようなものである。

「阿佐田哲也さん――?」

アンの向う側の青年が彼女を飛び越えて声をかけてきた。私は大遊びしていた頃の名残りの別名があって、これは半分タレントのようなものだから、日本語で話しかけられるかぎり応答しないわけにはいかない。

私が頷《うなず》くと、彼はニヤッとした。

「日本のNO1ギャンブラーだな」

その笑い方が気にいらない。日本の一部の若者たちが私のことを〝ばくちの神さま〟と呼ぶ。むろん、ていのいい蔑称《べっしょう》であるが、こんなに露骨に表に出さない。

「日本に居るころチラと読んだことがあります。こちらに来てから麻雀も忘れたが、顔つきが変ってるからすぐわかりましたよ。ははは、ヴェガスは、取材ですか」

「いや——。プライベートです」

「いいですな。悠々閑々ですか」

悠々閑々ではまったくないけれど、そんな顔をしているほかはない。カミさんと別れてヴェガスへ来ちゃった、といういいかたをもしも口にするとなると、おそろしくナンセンスで私自身も気味がわるい。

彼は自分の姓名を名乗り、続いて、なんとかの息子だといった。親もとが政界方面の有名人らしかったが、こういう場合の常で、親の方の名前はきき流してしまう。

「ところで、種目はなにをおやりです」

「今度の旅では、ルーレットを軸にするつもりです」

「ルーレットか――」と彼はいった。「アメリカじゃ、あまり盛んじゃないな」

「知ってます。盛んじゃないだけに、ヴェガスのルーレットは比較的甘いからね」

「ぼくは、バカラ（西洋風オイチョカブ）専門だな」

「でしょうな――」私は頷いた。バカラは他種目にくらべて格段にレートが高いので、普通の旅行者は手がでない。しかしそれだけにカジノの華であり、ハウス側も最上客に対する礼をつくすのである。

「ルーレットやブラックジャック（日本名ドボン）では金嵩がはらんでしょう。バカラはやらないンですか」

「やりますよ。しかしこのところ、ルーレットに凝ってます」

「この前は、三万五千ドル、勝ったな」と彼はたいして自慢気でもなくいった。「ぼくのは上り下りが大きくてね。しかしツイたらとまらない。――阿佐田さんは、最高どのくらい勝ちました」

「私はいつも、とにかくプラスになるのが目標です。たとえ十円でもね」

「ほほう、しかし、これは横綱のセリフらしくありませんなァ」

「いや、ギャンブルとはそういうものだと思っています。石にかじりついても十円は浮く覚悟です」

「なるほど。貴方《あなた》はきっと浮きますよ。ご幸運を祈ります」

この青年に、再度、嗤《わら》われたという感じが、ざらっとあとに残った。


私と、相棒のミセス・アンは、契約したホテルに隣あった部屋をとっておちついた。なにしろ私は国外に出たら電話にも出られない男で、だからベルが鳴れば飛んでこられるほどの近さに相棒が身構えている必要があるが、それぞれの部屋は、むろん、鍵《かぎ》で区切られており、ぶしつけに私はアンの部屋に行かないし、アンもまた私の部屋に来ない。私はアンのご亭主と友人であり、こうして二人で遠く海外に出かけてきても、ご亭主との友好関係は変化させようと思わない。理解できないという人もあろう。私の元カミさんなどは特に理解しないが、理解に苦しむことはこの世に珍しくないし、当事者が呑みこんでいればそれでよいのである。

その点さえ呑みこんでしまえば、彼女は実に得がたい相棒なのである。ユダヤ人の母と日本人医師との間にできた混血児であり、ハワイ生れのロス育ち、日本の女子大とアメリカの大学を出、ロンドンで日本人写真家と結婚し、日本国籍をとって東京にきて私と知り合った。これだけでも多彩であるが、彼女の前のご亭主はジャズギターのバーニー・ケッセルで、彼と一緒に世界じゅうを仕事で歩いているので、まことに旅なれている。基本的には英語人種であるが、外形的には日本人であり（女の子は父親に似るという）、彼女の日本語をきいてハーフと見破る人はまず居ない。

昨年の秋、ふとした話のなりゆきから、彼女は私の弟子になりたいといった。

「弟子って、なんの——？」

「ほ、ほ、ほんびきを、教えて」

私は面喰らった。鬼面《きめん》人をおどろかす物言いは当今の常だが、ここまでひねられるとやはりおどろく。ほんびきとは、東映やくざ映画で藤純子がやって見せたりした手配博打《てはいばくち》の一種で、おおむね専門家しか知らぬものであり、したがって警察がもっとも神経をとがらせているものである。

「知らぬとはいわぬが、ほんびきを、アンがやるのか」

「いいえ、やらないわ。でもあのゲームのセオリーは深いものなンでしょう。そういう深いものを知りたい。アン、日本のことをもっと知りたいの。日本では学校で教えてくれることしか教わってないわ」

「ふうん——」

「アンは一人っ子だから、肉親というものがもうこの世に居ない。お父さんの家のお墓が鎌倉にあるの。だから、本当は、鎌倉に住みたかったのだけれど」

よろしい、と私はいった。文武百般を教えましょう。それが何になるのかは皆目見当がつかないけれど、だからこそ覚えておいて損はないかもしれない。私は学校というものに行かなかったから、学校で教えないことを教える資格は充分にある。

しかしながら、弟子ともなれば、師匠のいうことはきかなければいけない。師匠は今、一大愚挙をやらんとしている。師匠の愚挙に手を貸すことは弟子たる者の務めである。

ざっとこういう経緯で私たちは相棒になった。ますます理解に苦しむという人もあるかもしれない。そうなると、ざっとでなく綿密に記しても同じことで、わからんといえば、愚挙なるものがさっぱりよくわからんのである。だから、私の相棒がアンだということ以外、なにもおわかりにならないでいただきたい。

しかし、ともかく、我々はラスヴェガスにまできてしまった。

私たちはまず食堂で、アメリカ風の固い肉の塊を喰った。それから、海を眺めるように、カジノ場を眺めた。

「昂奮《こうふん》する――?」

「するよ」

「神さまとしては、どうするの」

「どうもしないさ。昂奮して眺めてるんだ。しかし眺めるということは存外大切でね。こうして眺めていて、できるだけ実体というものに接近していきたい。それはばくちの準備体操だからね」

アンは講義をきく顔つきになった。

「実体とは何か。それは一見とりとめもないものだ。そうして再見してもやっぱりとりとめがない。そう簡単に一面の特長に代表されるものじゃない。たとえば、ばくちというものは、手を出すから負ける。出さなければ負けやしない。そうだろう。しかし同時に、手を出さなければ勝つ可能性もない。勝とうとするならば負ける可能性を購《あがな》わなければならない。そういう二律背反がいくつも重なりあって、とりとめのない風貌《ふうぼう》をつくっているのだ」

「むずかしいけど、なんでも五分五分の可能性があるってわけ」

「いや、五分五分じゃない。勝つ根拠が八分あるなら、それは同時に負ける根拠も八分あるということだ。そうでなければ勝つ根拠とはいいがたいんだ」

「では、選べないわ」

「選べないよ、簡単には」

「どうするの」

「手を出すから負ける、手を出さなければ勝つ可能性もない。この場合の最大公約数は、手数《てかず》を最小限度に出すことだろう。こういうふうにたくさんの二律背反をひとつひとつ公式をとくように答えをわりだしていくんだ。これがセオリーだ。しかしセオリーは万能じゃない。何事もそう簡単には方がつくものじゃないのでね。ばくち打ちは、だから、一方でセオリーをがっしり身につけ、セオリー以外の無計算な動きをしないように努める。またその一方で、セオリー群をはるかに乗り越えた絶対の方法を夢見るし、追い求める」

「ギャンブルに絶対なんてないでしょう」

「ところが、さっきいったことと矛盾するようだが、そうとも限らんよ。蓄音機ができ、テレビが発明されたように、新しい知恵がぽつりぽつり開発されてくるものだ。ただ、その知恵が絶対の極め技でありうるのは最初の一瞬だけで、まもなく対抗策ができたりして通用しなくなるか、せいぜいセオリーの一環になるくらいがおちなんだ」

「犯罪の手口なんかと同じね」

「まあ、眺めてごらん。アンには何が見える」

「べつに。これといってわかりゃしない」

「いや、これ以上は疑っても仕方のないごく当然のところまで、後戻りをすればいいんだ。何が見える」

「人が大勢、遊んでいるわ。それから、その遊びのお相手をして立ち働いている人たちが居る」

「そうだ、ここは遊び場だ。しかも天然自然のではなくて人工の遊び場だ。そうである以上、製作者側《ハウス》の都合が何より先行しているだろう。彼等は親切でお相手をしてくれているわけじゃない。さて、そこに我々が居る。この眺めの中には我々も居るのだということを忘れるわけにはいかないよ」

「当り前だわね」

「我々は、我々の都合でやってきた。しかしここは彼等のしまであるからして、本質的には何もかも彼等の都合の塊のわけだ。たったひとつの存在をのぞいてね」

「何なの、それは」

「客さ。これも当然の話だがね。客は我々同様、カジノの都合の埒外《らちがい》にあってばらばらの存在だ。つまり都合の鎧《よろい》を身につけていない。ばくちは、強きを助け弱きを挫《くじ》くものだから、単純明快な原則、ハウス側との勝負を避けよ、客を狙え。ハウス側の喰い残し、乃至《ないし》喰われる前の客を喰え」

アンは顔をしかめた。「お説はわかるわ。でも血なまぐさいわね」

「ここは人工の狩場だからね。どうだい、いろんなゲームがあるだろう。しかし、その眼で眺めれば、大別して二種にわけることができる。まず第一に、客対ハウス側の戦いである種目。

ルーレット、ブラックジャック、キノ、クラップス、スロットマシーン、大半がそうだ。ここでは、客は賭金《かけきん》は投入するが、テラ銭を払ってない。テラ銭を申し受けるとはどこにも書いてない」

「そうね」

「勝負は時の運だとしたら、〝まず儲《もう》けるために在る〟はずのハウス側の都合はどこに隠れたのだろう。すると、勝負そのものが彼等の都合にそった成立条件になっていると思わなくてはならない」

「イカサマなの」

「その眺め方は短絡だな。イカサマはかりにあるとしても雇い人個々のケースで、ハウス側としてはそうした考えでは安定した利潤はあげられない。ルールどおり、正々堂々と戦う。しかしそのルールにトリックがあってハウス側がいちじるしく有利になっている」

「そうすると、これだけのお客の大半は、馬鹿みたいね。神さまも含めて」

「しかし、客は勝つか負けるかわからんよ。ただ、ハウス側はいつも勝つんだ」

「変だわね」

「変じゃないさ。一見して客のハンデがわかるようなら利潤につながるもんか」

「ハウス対客の勝負なんでしょ」

「客は、対ハウスだが、ハウスは、一対一じゃない。ブラックジャックでいえば一卓七人掛けで、一対七の関係だ。ハウス側は綜合《そうごう》で勝つ仕組みになっている。ツイている客の一人二人は勝つだろうが、それでいいんだよ。ただ空卓で、一対一、一対二の関係でやると綜合が使えないからどちらが勝つかわからない。ディーラーが一生懸命でやって個人的な力を発揮するのはこんなときだ」

「神さまはなんでもご存知ね」

「ディーラーにきいたわけじゃないぜ。眺めてればわかるんだ。さて第二の種目は、客対客の勝負の関係、バカラ、ポーカーの類いだね。この場合はもちろん、テラ銭が要る」

「そうするとルールは公平なの」

「ハウス側が勝負に介入しないフレンチバカラは当然そうだね。ハウス側が客と一緒に勝負に介入してくるアメリカンバカラは、一見それじゃ都合がわるそうだが、実質的には実はフレンチスタイルと同じことなんだ。そのかわり賭金が高い。つまりテラ銭も高い。その点かなり贅《ぜい》沢《たく》な遊びで、普通の客では手が出ない」

「うまくできてるのね」

「どちらを選ぶか、いずれにしても、長所ばかり、短所ばかりということはない。短期戦なら、ツイてさえいれば対ハウス戦の方が勝ちやすいだろう。しかしツイているときばかりはないから、我々のように滞在する場合は対ハウス戦では綜合力に負けてしまう」

七面倒くさいことを並べたてたが、要するに言葉を無為に使って遊んでいるだけで、しゃべり疲れれば黙ってしまうだけの話である。

しばらくして、アンがくっくっと笑いだした。

「おかしいわね。神さまはたしか、飛行機の中で、ルーレットをするつもりだといっていたわ」

「そうさ――」と私はいった。「その点の不利は百も承知でいってるんだ。俺はカジノ側と勝負にきたのさ」

私はしかし、そのとき少しべつのことを頭に浮べていた。バカラをやるといった小生意気な青年のことだ。あの青年は、どういう勝負の仕方をしているだろうか。

青年の止宿するホテルの名もきかなかったし、どこで勝負しているかもわからない。けれども探すとなれば簡単である。当今のラスヴェガスで、レートの高いバカラが常時場《ば》が立っているのは、シーザースパレス、MGMグランド、それにヒルトンホテルぐらいであろう。

青年は、MGMでやっていた。

一段と高いところに別室仕立てで特設されたバカラルームを我々は見上げるような恰好で離

れたところから眺めていた。彼の前にはチップが貯《た》まってかなり積みあげられており、なかなか好調に見えた。

「他《ほか》に面白そうな客は居るのに、彼なんかに興味を持つのがアンにはわからないわ。うすっぺらいブルジョワ青年でしょ」

「そうかな。彼は面白そうだぜ」

「何故《なぜ》」

「普通の日本人は、初対面で名を名乗るときにいきなり自分から誰々の息子だなんていわない。それに、こちらに住んでいるようだが、御曹子《おんぞうし》なら飛行機なんか使うまい。車でくるよ」

「どうして、フィラデルフィアかボストンからきたかもしれないじゃない」

「一人で飛行機を乗りついでか」

「自分だってそうのくせに」

「俺は若くもないし、金持でもないぜ」

そばにいこうとするアンを私は制した。

「待ち給えよ。我々を意識して張り方に無理が生じるといけない。ここで見ていよう」

やがて、青年は係りを呼んで、チップの大半を金箱に揃《そろ》えて入れ、持って行かせた。それから、椅子を廻転《かいてん》させてこちらを見、我々を見つけた。

「やあ、どうです、ルーレットの景気は」

私は笑顔になった。「はっきりしませんね」

「やっと今――」と青年がいった。「来たときに借りたチップを返したところだ。これが純粋の浮きです。どうもぼくは、自分の金はいっさい使わない主義でね」

彼の隣の席があいたので、しばらく彼の戦いぶりを眺めるつもりで、私も千ドルをチップにかえた。すると彼は突然立ちあがった。

「ぼくは風呂に入りますよ」

「あ、そうですか」

「――わからないンですか、阿佐田さん」

「わかってますよ、バンカーのツラ目が終ったということでしょう。君がチップを返したとき、そう思いました」

「明日の昼飯をどうです。こんなでっかいロブスターを腹いっぱい喰いましょう」

「それはどうも」

「なに、経費はオールホテル持ちです。なんならホテルも移られたら。ここの社長に紹介しますよ。バカラをやる気なら、豪勢な部屋がただです」

「それにはおよびません」

彼が去った後で、アンが質問してきた。

「バンカーのツラ目が終ったって、何」

彼女は英語を通訳してくれるが、私はばくち語の通訳をしなければならない。

「勝ちどきにひと区切りがついたってことだ。これからしばらくはハウス側のペースで、客の方は大勝ちの可能性はすくなくなる。彼は、あの会話で、バカラに関する自分の実力を知らせたかったのだろう」

青年の指示によって、私たちは翌日の正午、指定されたシーフードレストランに行った。彼は花模様の上衣《うわぎ》に絹のスカーフを巻き、ひどく人眼をひく姿で我々を迎えた。精悍《せいかん》で男らしい風貌がその派手さに負けていない。私の方は、首なしの出っ腹。

ワインリストを一瞥《べつ》し、ふざけるな、と私にきこえるように日本語でいい、それから給仕人に流暢《りゅうちょう》な英語でいった。

「こんなものは呑めない。もっと上物《じょうもの》があるだろう」

シャブリの何年とかがあるが特別メニューです、と給仕人がいった。

「シャブリか、よし、持ってこい」

「前菜は何を」

「キャビアの極上。うまくなかったら喰わんぞ」

彼の注文のしかたは虫が好かなかったけれど、そのキャビアはうまかった。私もアンもむさぼるように喰い、お代りをした。今日の昼飯はまア十万円はかかるな、と彼は笑った。だが、どうせたださ。

「今夜八時半にシーザースパレスで、トム・ジョーンズのショーがはじまります。席をとるから見に行きませんか」

私は固辞した。ショーは好きだが、だからお歯に合わないものはみたくない。

「何故です。彼のショーは何週間も前から予約しないと手に入らない。ぼくが無理をいえば売れてる席があくんですよ」

「カジノに専念したいので」

「そうですか」

彼は存外に気を悪くしたふうもなく立ちあがった。

その日は私たちもMGMのカジノ場に腰をおちつけてしまい、私たちはルーレットのコーナーに居て、ときおり彼の様子を眺めに行ったが、その二度目のとき、ちょうどまた係りに借金を申しこんでいるところにぶつかった。彼はさすがにちょっと顔をほてらせていて、私の顔を見るなり、ここに来てまず二万ドル借り、それを返したうえに七千ドルほど浮いたが、現状はまた一万五千ドルほどの借金になっている、と口早にいった。

「なんでもないよ、このくらいの赤字。終りまでに勝ちゃいいんです。そうでしょ、阿佐田さん」

「そうだね。ばくちはトータル勝負だから」

「ぼくはきっと勝ちますよ。これまでヴェガスに来てただの一度も負けて借金《アシ》を背負ったことがない。だからぼくにはいくらでもカジノ側はまわしてくれるんだ。――ところで、そちらはどう」

「私はね、十円浮けば気がすむのだから、それこそ終りまでにはね」

午後おそく、ルーレットに余念がなくなっていた私のそばに、アンが寄ってきて、

「プールのそばで日光浴をしていたらね、あの人が泳ぎに来たわ」

「おや、もう切りあげたのか――」と私はいった。「ひと山当てたか、その反対かな」

「あの人、水着になると、意外に身体《からだ》が貧弱ね」

アンは隣に坐って私の顔をのぞきこんだ。

「まるで病人のようね」

「陣痛の時期なんだ。勝負事にはこれがつきものさ」

「でも、何も産まないのね」

「産まない」私は頷いた。「こうしてるだけだ」

「そうなのね。——でも、こうしてれば勝てるの」

「わからない。でも、勝てないなんて思ってやしないぜ」

「そう——」

「勝つ方法だって、たくさんある」

「じゃアどうしてそれをやらないの」

「今はできない」

「何故」

「ツカないから」

「神さまでも」

「俺が今、待ち望んでいるものはたった一つだ。ツキの風が俺の方に向いてくるきっかけさ。一生ツキ続ける男はいない。一生ツカない男も居ない。誰にだって風の替り目がある。そのきっかけを確実にキャッチし、ツキを一杯に使う、それがギャンブラーの腕なんだ。但し、ツカなければ、どんなに勝つ方法を知っていても無駄」

その夜おそく、青年が突然ルーレット台のそばに来た。多分、トムのショーが終ったあたりだったろう。彼は椅子に坐るとすぐに監督を呼んで、

「一万ドル分のチップを持ってきてくれ」

「失礼ですが、どなたさまで」

「お前新米か、皆、顔見ただけで持ってくるぜ」

「少々お待ちを――」

「ルーレットか、こんなしんき臭いゲームのどこが面白いんです」

そういう彼の眼が血走っていた。

カジノ場はあいかわらず海のようにうすぐらく、魚が遊泳するように人々が出盛っていたが、これから週末にかかるにしては、どことなく往年の熱気に欠けるように見える。年毎に、小銭で遊べるスロットマシーンの占めるスペースが広くなり、パチンコ屋の如き印象に近寄りつつある。そのせいでもあろう、こういう場所は、無駄金が、ごみのように躍りあがっていないと迫力がない。

「不況なのね――」とアンがいった。

「この長期不況には、さすがのヴェガスも勝てないかな」

日本でも、競馬の熱がめっきり衰えた。ノミ屋がいずれも悲鳴をあげている。そうして、碁将棋の人口が増えている。盛り場をはずれた喫茶店にたまに入ると、コーヒーをひとつとった客が差し向かって黙々と将棋をさしている風景をよく見かける。

アメリカはそれよりひどいといえるかもしれない。アンの情報によると、カジノ場に居る人たちの何割かは、ロスやシスコからバスで狩り集めてきた失業者のサクラなのだという。運ばれてきた失業者に、ハウス側がなにがしかの小銭をわたす。さあこれで遊んで、どのくらい元手を増やそうと諸君の勝手だ、そのかわり、一定時間を諸君は当カジノですごさなければならない。

運ばれてきた諸氏もさるもので、手当を貰うとすぐに脱走して、隣のホテルに売りこみにいく。集団で動く奴もいる。

もうひとつの筋はメキシコからの客動員だという。メキシコの遊び人たちを、むりやり、ひっぱってくる。

「俺ァ、金、ないぜ」

「いいんだよ、金なんざ、カジノで融通しますよ、まァ遊びにいらっしゃい」

誘われたら銭なしというのが誘われた方のセオリー、銭なしといわれたら融通するといって誘うのがハウスのきまり文句。これは日本の手配博打(知った客を集めて構成するばくち)でも同じで、お先煙草ならとのこのこやってきた客の九割が負ける。問題はその後始末で、カジノの支配人にいわせると、世界中で一番、金払いにだらしのない人種がメキシコ人だという。それをきいて私は思わず笑いだしたが、支配人は渋面を作ったきりだった。要するに、いったん借りたらテコでも払わない連中を承知で呼びにいかねばならないほどの状態なのである。

「日本人はどうですか」

支配人は今度はうすく笑った。

「概算ですが、ヴェガス全体で、日本人関係のコゲつきが、三十億はたっぷりあるでしょう」

「しかし、一文無しで来るわけではないでしょう」

「それは、メキシコ人のようなことはありません」

持参した金を費消したうえでの借金なら、たとえ何億コゲつこうと上々の客であろう。

「まあね、バハマの独立も、痛いんですな。あそこにカジノができたので、東部の金持は、マイアミから南下してバハマ、プエルトリコのカジノ群をヨットで廻ってしまう。なかなかこちら側の砂漠まできてくれなくなったのです」

アメリカは州法によって、カジノを解禁しているのはネヴァダ州だけである。他の荒野、たとえばニューメキシコ州なども解禁を狙っているし、ハワイ州も涎《よだれ》を流している。しかしたとえばハワイは、パイナップル事業を独占する交換条件で、涙を呑んでカジノの収入を見送っているのである。

ネヴァダが今日までカジノ独占を守りえた裏には数々の術策があろう。そんなにしてもこのていたらくなのである。ヴェガスのもうひとつの売り物だったビッグショーを続けているホテルは十あるかどうか。二流以下はその余裕もない。

以前は、カジノというものは（公認《オープン》されてはいても）まぎれもなく悪徳だった。いわばゲーム化された悪徳で、私はヘルメットをかぶり銃をかついだハンターのような気分になって出かけたものだ。猛獣狩は、獣の方がもはや狩られるほどの威勢を失っていて、狩るとすれば人間を狩る以外にない。まァ野の獣よりは人間を狩った方が張り合いがあることはたしかで、何故といえば、新式銃や組織の装備は向うが持ち合せているので、我々はわざわざ狩られにいくといった方がいいほど条件がわるく、苦闘が予想されたからである。

しかしながら、その私の考えは古典的にすぎるものであったらしい。長い間、キリスト教文化に代表される生活律で守られてきた西欧社会が急速にその権威を失ってしまった。人々を律してきた道徳や悪徳が色あせて、原則的な自然律としらじらしいその場その場の現象に左右されている。刑罰以外に罰はなく、刑法に触れさえしなければ何をしてもよろしい。したがって生活律のアンチテーゼとして存在理由のあったカジノも急速に色あせてしまうのである。

ばくちは本来、正義が存在しないところに一番の特長があった。人々はここで何物にも律せられない束《つか》の間《ま》の放埒《ほうらつ》を楽しんだ。そうしてまた実生活に戻っていった。だが今は、ばくち場も実生活も区別がなくなりつつあるのである。ギャンブル大衆化も、カジノの衰退も、実は等しい現象で、けっして不況のせいばかりではないのである。

こんな話がある。本当に赤字かどうか、ともかく赤字的路線の（売上げの八割以上を自治体に収奪されるので、そういうことも起りうるのである）カジノが弱り目にたたり目になっている一例である。不況が深刻になった頃合いから、それまでよいお得意さんでカジノから信用のあった人々がこんなことをやりだした。

ヴェガスへやってきて、カジノ場でしばらくうろうろしている。それから、ハウス側に、負けがこんだので、現金を廻してくれという。信用さえあれば、洋の東西を問わずハウス側は金を貸したくてうずうずしているのだ。それによって場がさかり、テラ銭収入が増えるからだ。ところが、金を借りると、客はばくちなど見向きもせず、さっと帰ってしまう。その金は彼の実業、商売に投入されるのだ。そうしてある日またやってきて、その金を返す。ばくち場の廻銭は無利子である。客はしばらく場内にたたずみ、負けたからといって借銭を申しこむ。キチンと返金されている以上、カジノ側は貸さないわけにいかない。客は、すっと帰っていく。中小企業の経営者や商人たちであろう。一人や二人ではなく、一時期、趨勢《すうせい》としてたくさんの人々がこれをやり、カジノ側が対策に手を焼いたという。

土曜日の早朝、部屋に電話がかかってきて、青年がラウンジで待っているという。おりていった私の顔を見るなり、彼はニッと笑って百ドル札の束を見せた。

「四千ドルです。これだけ浮きました」

「そりゃ、おめでとう」

わざわざ私たちのホテルまで見せにきた青年のために、朝のコーヒーで乾盃《かんぱい》した。

「いつもの浮きにくらべたら今度はすくない。原点みたいなものだ。もう一日、土曜の晩を戦うつもりだったけど、でも、ここらが見切りどきですな。ぼくはこれで発《た》ちます」

「お世話になりました」

「なんの。べつにぼくの懐中が痛むわけじゃない。ですが阿佐田さん、ぼくは御曹子なんかじゃない。貴方はもちろん秘密を守ってくれるでしょうし、ぼくは貴方には、ただ派手な遊び人と思われたくないんだ。ぼくは以前代議士の秘書をしていましてね。こちらへきて、ふとその名前を使ってみた、息子と称して。一文無しで、カジノの金で勝負してそれで喰ってるんですよ」

私はだまってコーヒーをすすっていた。

「負けて、借り倒さない限り、後が利く。代議士がこちらへでも寄ればパーだが、いつもくるときはまず電話してバレてないかどうかたしかめるンです。一度でも負けたら二度とは利かない手だけれどね。なァに、負けるものか。——わかりましたか、阿佐田さん」

青年の顔にはあきらかに、どうだ、という挑戦の色があった。どうだ、虚名のギャンブラー、お前なんかよりは格上だぞ。

「面白いアイディアですね」と私はいった。

「この次のここでの成功も祈りますよ」

「ありがとう」

青年と私は連れだって、陽光が滝のように流れこんでいるホテルの玄関の方に行った。タクシーを停めた彼に片手をあげてから、私はそのずっと上の空にしらじらとある朝の月に眼をやった。

なんといっても面白いのは——と私は考えた、カジノへくるなり無利息の金を借りてさっと帰ってしまう人たちだ。あの青年がこの発想を知ったらどんな顔をするだろう。かりにあの青年が、ちょっとやりくりの苦しい企業を抱えていたとして、この発想に至るだろうか。

私たちはその二日後、彼のと同じような朝の月に見送られて、帰路についた。帰路だから、来たときと同じようなコースをそっくりなぞっていくのである。

しかし、ロサンゼルスで、飛行機を乗りかえる間の時間をたっぷりつくった。この街育ちのアンが旧友を訪ねる約束になっていたから。

アンの旧友はやはりミセスなんとかになっており、郊外の分譲とおぼしき同一規格の家に住んでいた。庶民住宅ではあったが、明るく清潔で、すべて快適に広々としている。玄関前に花壇、そして裏庭と自動車置場、そのあたりで小さな男の子が木片を使って遊んでいた。愚かしい要素はまったくなかったし、とまどうようなことも起きなかった。私は、こういう家に住んで、ヴェガスに行って無利息の金を借りてさっと帰ってきてしまう人たちのことを考えていた。

やがて旧友が、

「もう昼だわ、子供に食事をつくってやらなければ」

それで我々は立ちあがって握手した。

「お幸せそうね――」とアンがいった。

「ええ、なんだかわからないけれど、これが生活だと思ってるわ。それで、もうすぐ老けてしまうのよ」

旧友はそういって笑った。

私たちは待たせておいたタクシーでビバリーヒルスの方に行った。

「あの家で五万ドルぐらいかしら。土地は安くて、建物の値段が主だけれどね」

「ほう。日本でいえば、買いとりマンションひとつ分の値段だな」

「でも、誰も買わないわ。カリフォルニアは税金が高いから税金や維持費のことを考えれば、借りていた方がトクよ」

「土地が安いんじゃ投資にもならないな」

「面白いのよ、ロスではね、不動産の売買をするときに、石油の採掘権がついてくるの」

「石油――？」

「ここらは油田地帯なのよ。ほら、その公園も、右手のゴルフ場も、海も、どこだって少し掘ると石油にぶつかるといわれてるわ。でも今は、採掘を禁止されているの。アメリカは自国の石油を使ってないわ」

「なるほど、そいつはとっておいて、アラブを使うだけ使う。先行き条件がよくなるな」

「オイルショックの元凶よ。どう思う」

「――面白いな」

そういうほかはない。今は刑法以外に、罰はない。

私たちはビバリーヒルスの高級店通りで、元カミさん等から頼まれた土産を買った。これは退屈だった。今度の旅で一番の愚劣な時間だったろう。カジノも、ロス風景も、それぞれに現実が反映していたが、セリーヌやジバンシーは幽界のようなものだった。

ところが、その直後、意外なことにぶつかったのである。事実は小説よりも奇なり。私たちはコーヒーショップで昼飯をとっていたのだが、ふと見ると、通りの向うの薬屋から、例の青年が出てきて足早に歩き去っていくところだった。

「おや、あいつ、この町に居たんだよ」

私は大きな声をだした。顔はたしかに彼だったが、ヴェガスに行くときの、人眼を意識したような派手な恰好ではなかった。それどころか、風邪薬ひとつ自分で買いに来なければならない平凡な独身青年に見えた。

しかし、私たちがもう少しおくれて道を歩いてきたら、あの笑顔になって声をかけてきただろう。そっちは、どうだった?

そうして私は、しらじらしい顔つきでこういうだろう。私? 私は十円浮いた。

地中海のタキシード

「ああ、フランスの匂いがしてきたわ」

北極圏のはるか上空でコーヒーが配られたとき、アンがそういった。

なるほど、こげくさく、ほろにがい。アメリカンスタイルのとちがって、呑むというより、すするという感じである。

「フランスのは豆を煎《い》らないで、油を敷いて蒸し焼《ロースト》きにするのね」

「なるほど、するとこれは、コーヒーの焼飯のようなものだな」

「ロンドンのコーヒーはまずいの。どうしてでしょう。仕事でパリに行くたびに、コーヒーが楽しみだったわ」

ミセス・アン大沢は、一昨年まで在ロンドンだった。だから北回りパリ直行便は、里の親戚《しんせき》へ行くようなもので、ごく自然に喜悦の声になるのが感じられる。

私は、欧州は二度目である。昔、自分がこの地に足を踏み入れようとは夢想したこともなかった。欧州どころか、奥州だって気楽な感じではなかった。それがどういうわけか、確たる用事もないのにふらふらさまよい出てくる。飛行機が混《こ》むわけである。もっとも私の場合、日本の高度成長とは関係がない。

ヨーロッパで、タキシードを着てやろうと思う。用事というのはそれだけで、だから愚行であることはよくわかっている。けれどもそう考えついてしまったものはしかたがない。暮に、タキシードをつくり、それに見合う靴を買った。その壮途を祝して、洋服屋が衣裳《いしょう》バッグをくれた。そうしてタキシードの代金はまだ払っていない。

「コーヒーもだけどね、フランスのでなくちゃ駄目なものがもうひとつあるの」

「何かね」

「オニオンスープ。あれは不思議ね。ロンドンのじゃ絶対駄目」

「しかし、ロンドンに美味なものなんかあるのかね」

「失礼ねえ。大英帝国とその人々に対して」

「もっぱらそうきくがね」

「パブかなんかでとおりいっぺんのものを喰《た》べてそういっても偏見よ。家庭料理を喰べもしないで」

「それはまあそうだ。日本だって喰い物らしい喰い物は街角にはそう転がってない」

「ロンドンに寄ってみない。アンの家でおいしい物をどっさり喰べさせてあげるわ」

ロンドンにはアンの養父母が居る。しかし今回は我々はわき目を振るわけにいかない。何故《なぜ》といって、まっすぐニースに行って、地中海のほとりでタキシードを着なければならない。そう確定しているものは如何《いかん》ともしがたい。

「養母《ママ》の揚げたフレンチポテトを、うちのお師匠さんに一度喰べさせたいんだけどなァ」

私の大好物は、じゃがいもと、餡《あん》パンと、ざるソバだとアンは思っている。そうにちがいはないけれど、他《ほか》に好物がないわけではない。

アンの意見によると、じゃがいもは英国の特産物なのだそうで、にもかかわらず英国人はそのことを誇りには思わない。芋は下層階級の喰い物の象徴であるらしい。

から揚げにすると、フレンチポテト。ベーコンと一緒にソティにすると、ジャーマンポテト。フランスではフレンチポテトといわずに、チップスという。ドイツでもチップス。ジャーマンポテトはドイツではブラッドカルトッフェル。

「ひとつ伺いますがね、じゃがいもコロッケはヨーロッパの家庭料理にありますか」

「クロケットね、あれは小海老《こえび》か蟹《かに》かコーンをクリームでまとめてパン粉で揚げたものね。一般庶民の家じゃつくらないわ。それにじゃがいもコロッケは欧州では見ないわね。日本の発明じゃないの」

「何故だろう」

「何が――?」

「おいしいのにさ」

「じゃがいもはつけ合せで出てくるもの」

「いいじゃないか、やれば」

「大体ね、衣をつけるのは、クリームみたいにまとめにくいものか、牡蠣《かき》みたいに水が出てしまうものに限るのね」

「すると、挽《ひ》き肉も使わないか。日本でメンチカツという奴」

「ないわね。パン粉を町で売ってないもの」

「仔牛《ヴィール》のカツはあるね。パン粉の衣をつける」

「そうね、でも一般家庭ではあまりやらない。ウィーン風仔牛のカツでもクロケットでもレストランの料理ね」

「じゃ、一般家庭じゃ何を喰ってるんだ」

「ご心配なく。日本みたいに種類はないけどそれなりにおいしいものがあるのよ」

「まァそりゃそうだろうけど」

「アンが日本に行ってびっくりしたのは、ハンバーグステーキにいろんなものをいれるのね。玉葱《たまねぎ》とか、パン屑《くず》なんかも」

「高級料理店では肉だけのもあるがね」

「日本じゃ肉を挽くでしょ。本当は肉を叩き伸ばして、包丁で細かく切るの。家庭でも皆そうするわ」

「機械がないのか」

「ちがうわよ。あれは屑肉を挽いてミートローフに入れるとかするためのものよ」

「どこがちがう」

「とにかくあの機械が家庭にあれば、それは犬用なの。アンがね、欧州風ハンバーグステーキを造ったら、日本の人に笑われたわ。お煎餅《せんべい》みたいだって」

「玉葱をいれちゃどうしていけない」

「だってステーキですもの。日本のはむしろミートローフに近いわね」

「しかし、うまいぜ。俺は玉葱を入れるべきだと思うな」

「でもハンバーグステーキにならないわ」

私は笑った。

「どうも、西欧人というのは規範の人だな」

「日本人が規範がなさすぎるのよ」

「しかし、ハンバーグに玉葱もいれられないようじゃ、先が思いやられるね。規範にしがみついているという感じだな」

飛行機がパリのドゴール空港についた。この空港は科学の粋で造られた由であるが、私はベンチでちょっと居眠りをしただけで、すぐにニース行きの国内線に乗りかえた。

左足が痛い。右足はちゃんと靴の中におさまっているが、左足がやけにきつくて、足指が靴の中で折り重なっている感じ。長時間シートに腰をかけたままでいるとむくみがくるが、それなら右足だって同じなはずで、私の足は規範がないから、左足だけ、一度ふくらみだすと靴などまるで無視してしまう。

びっこをひいているのを見て、アンが先刻《さつき》の仕返しのように笑った。

「左右ちがう靴をはいてきたんじゃないの」

「買いたての靴なんかはいてくるものじゃないなァ。不注意だったよ」

暮の二十五日に、上野の本牧亭に行った。革自連のメンバーが小イベントをやっており、私もその一景を受け持たされていた。楽屋で畏友《いゆう》花柳幻舟とぶつかった。

「別れたんだってねえ——」

幻舟が面白そうな顔つきで続けてなにかいおうとした。

「うーん——」私はあわててさえぎった。「だけどねえ、そこにいるんだ」

幻舟がふりむくと、彼女のすぐ背後に元カミさんが居たので、あの物に動じない彼女がまことに珍しく、うっ、と絶句した。

幻舟女史が絶句し呆《あき》れかえるのも無理はない。元カミさんと改めてまた結婚するかと思うと、暮正月に家庭をほうりだし、借金でタキシードをつくって地中海に飛んで行ってしまうという具合で、私の規範のなさはここにきわまっている。

その夜、上野で靴を買った。あとで値段の紙をみて、一驚した。四万円余している。こんな高価な靴を今まで履いたことはない。

「いったいこれはどうしたことだ。気が狂ったのだろうか。それとも、（持病の睡眠発作症《ナルコレプシー》で）居眠りしながら買ったのだろうか」

「あたしが選んだのよ。楽しい旅行なんでしょうからお洒落《しゃれ》をしていらっしゃいな」

「しかし、収入が三分の一以下に減っているうえに出銭ばかり多いのだからね。今年がどうやって越せるか、苦吟してるんだ」

「それならヨーロッパなどへ行かずに、家でせっせと働いていたらどうなの」

「まったくお説のとおりだ。しかしそのお説は筋がとおりすぎて気味がわるいくらいだな。どうもね、我々は規範などで生きておらんのだから、筋がとおっていないところにも、捨てがたいものもあるんだ」

「筋がとおっていなくていいのなら、あたしだって――」

「いや、まァしかしね、結局のところ、四万円の靴を買っちゃいかんという強い理由が、見出《みいだ》しがたくなるがね」

「だから、靴を買って破産しましょう。そうしてあたしたち、また離婚しましょう」

元カミの現カミは、要するに、私がミセス・アンと旅をするのが気に入らないのである。ミセス・アンは、非常に、乃至《ないし》は独特の、親しさをともなった単なる友人であり、タキシードを着てヨーロッパに臨みたいという私の不可思議な衝動を実現するうえにおいて欠くべからざる人物なのである、と説明しても、少しも納得しない。元カミの現カミでなくとも、普通は、やっぱり気に入るまいと思う。規範なしで生きる限り、理解、提携、などということはむずかしい。

だから、この靴は、私に対する呪《のろ》いがこもっているのである。

さて、ニースの街はクリスマスがすんだあとで、一年じゅうで一番静かな季節だという。欧州の年末年始の山場はクリスマスで、旧教の国と新教の国で多少の差はあっても、新年の感慨は日本ほど濃くない。元旦も会社は休まないらしい。街には、BONNE ANNEE《ボナネー》という、さしずめ日本なら賀正のディスプレーが用意されているが、カーニバルは一月十九日からだという。

私は早速、衣裳バッグの中からタキシードをとりだして着用した。あんなもの、単に着ればいいんだと思っていたけれど、これが存外に面倒くさいのである。まずシャツのボタン、おとしたらそれっきりわからなくなりそうな小さな捻子《ねじ》のようなものをシャツの穴にとおしてひとつひとつボタンをとめていく。それから黒い腹帯をコルセットのように巻く。蝶ネクタイ、何年に一度くらいしかネクタイなんて締めないから、妙な心持である。とにかく、にっちもさっちも身動きがとれなくなったような気分になる。

だが、そう定めてきたのだから仕方がない。この恰好でカジノへ出かけようと思う。もっとも当今のカジノは上流社会のものでなく、大衆観光客めあてだから、礼装はおろか、ノーネクタイだってかまわない。

タキシードは本来は夜会のものであろうが、日暮にホテルへ着かえに帰るのは面倒くさいから、昼間からこの恰好である。胸に赤鉛筆をさし、横腹のポケットにルーレットの出目《でめ》表をつっこんでいる。

あまり服装などにこだわらないアンが、さすがに笑いだした。

「わるいけど、ユーモラスだわ」

「農協スタイルというのはこれかな」

「隣が、歩きづらい」

それはいいが、腹が突き出ているものだから、油断すると、ズボンのジッパーがゆるんでくる。

「しかし、ヨーロッパの紳士諸君だって五十歩百歩だぜ。こんな恰好で明日のことなど考えられない。着てみるとそれがよくわかる。これはもう、坐して死すという服装だ」

海岸通りには、市営と私営の二つの大きなカジノがある。私営の方が圧倒的に混んでいる。

私たちは不人気の市営の方に行った。引越したあとの王宮のような大きな建物で、だだっぴろい階段を昇り、体当りしても開きにくそうな重厚な扉をあけてカジノ場に入ると、閑散とした宴会場のように見えて、ルーレットのまわりにはけっこう人がたかっている。

誰もタキシードなど着ていない。一見して北欧らしい身体《からだ》の大きな集団がうろうろしている。北欧からすれば陽光に恵まれた地中海の正月は魅力的であろう。北欧系観光客は南仏カジノの財源の一つであろうが、もちろん彼等ばかりではない。

フランス人、フランス系ユダヤ人、イタリー人、ドイツ人、スペイン人、ギリシャ人、そうしてコルシカ、シシリー、アルジェ、アラビア、イラン——、白、黒、褐色、髭面《ひげづら》、洋梨面、かぎ鼻、扁平、奥眼。

アンが一人一人、あれはどこ、これはどこ、と出生民族を説明してくれる。

「よく見てごらんなさい、よぼよぼして生気のないのは純血種よ。元気そうなのは皆、混血。犬と同じね」

「それは面白い見方だな」

一見して貧民とわかる老女が、二台のルーレットの間をかけもちでちょこちょこ往復しながら、小銭を張っている。定額は二フラン。数字には張らない。赤黒か奇数偶数、二分の一の確率で当れば倍づけになるところ専門。当るとさっと配当をひっこめ、二フランを任意のところに賭《か》けて、大急ぎでもう一つのルーレット台の形勢を見に行く。セーターの肱《ひじ》が抜けており、買物袋はぼろぼろ。

「あれは、何人《なにじん》かな」

「――フランスでも北の方の出身ね。瞳《ひとみ》が青灰色、髪が鳶《とび》色でしょ。普通はお婆さんになるともっと混じるんだけど、染めてる余裕もなさそうだしね。北の方はノルウェーとかデンマークと混じってるんだけど、あのお婆さん小柄だから、純血の北部人ね。フランス北部人は小柄なのが多いわよ」

「なるほど、やっぱり純血か」

「話しかけてみましょうか」

アンが何かいって笑いかけたが、青灰色の瞳を動かさず、にこりともしない。鷲《わし》のように、じっと盤面を見ている。

「どうしてかしらね、どこの国でも年寄りは話し好きなのに」

「しかし、今は閑《ひま》じゃないんだ。仕事の最中だから」

よく見るとこういう老女がまだ他に四五名いる。多分、元銭は老人年金だろう。私の印象ではドイツのカジノは特に老女が多い。しかしドイツの場合は貧民というより、家庭の中で居場所を失った老人という感じが濃い。そうして彼女たちはいやがらせの年齢をむきだしにして、しょっちゅう、当りチップは自分が張ったのだと主張してもめる。つかみ合わんばかりの喧嘩《けんか》をする。アメリカ圏のようにチップを色がわりにすればそういう争いはなくなるのだが、何故かカジノ側は変えようとしない。

それと対照的に、貴婦人らしい老女が一隅に腰をおろして、ハンドバッグに詰めこんだ特大のチップを、同じところに張りつづけている。数字盤の29と7に。

だが、とられつづけ。先張りで同じ数字に張りつづけるのだからディーラーがそこを避けて投げるのは当然だ。貴婦人は平然としてバッグから特大チップを出しつづける。空になるとキャッシャーに行き、いっぱい詰めこんで戻ってくる。

褐色の青年が、これは椅子にかけず、貴婦人のまわりを舞い飛ぶように小忙しく動いて、人々の背中越しに数字へ賭けていた。彼はよく当てていた。そして当ると配当のチップを大いそぎでポケットにしまいこみ、ディーラーにマークされるのを恐れるように人々の陰に隠れてしまう。

貴婦人は依然として表情も変えずに29と7、しかしやや小さいチップをその他の二三カ所にも張るようになっていた。すると青年の舞い動きもますます烈しくなる。

私はアンに、褐色の青年がこれから張るだろう数字を予想してみせた。それは当った。

「どうしてなの」

「彼は、小判鮫《こばんざめ》みたいなもので、貴婦人の逆目をいってるんだ。彼のチップは小さいからマークされてない」

貴婦人の豪快な勝負を見るためかのように、その台の周囲には人々が集まっていた。が、その人々も、褐色の青年ほど烈しくはなかったが、目立たぬように小さなチップを貴婦人の逆目に張ってかすりを得ているのだった。

私は、不意に、1〜18の〝前半〟に大きなチップをおいた。運よくそれは当った。しかし私は次の回、張らずに見ていた。

次の回は、カラン、と球が小さな音をたてて、貴婦人の29に入った。

誰も貴婦人の方に視線を動かさず、黙って次の目を考えこむように盤面に眼をおとしている。しかし褐色の青年の動きがとまった。それどころか、多くの人々が、貴婦人がチップをおいても手を動かそうとしなかった。

「見給え――」と私はアンにいった。「俺がどこに張るか、皆、待ってるんだ。俺が張れば、同じようなところにおいてくるよ。木ッ端《こば》野郎《めん》奴、そうはいくかい」

「意地が悪いのね」

「うん。人の役に立とうとしないんだ。ギャンブルが下卑た行為だといわれる根拠はこの点にあるな」

先年、美味だったホテル・ネグレスコの食堂を再訪した。レモンシャーベットのうまいアイスクリーム屋も憶《おぼ》えていた。それから、アンが、主としてイタリー風の下町食堂を勘で選別してくれた。彼女の勘はなかなかよかった。しかし、足が痛い。バンドエイドを足指にまきつけていたが、五十メートル歩くのも辛い。

「いっそのこと、靴を買っちゃったら」

「俺の足は幅広《ばんびろ》だから、既製品で合うのがあるかなァ」

「普通は二三日で慣れるんだけど」

「左右、文《もん》数がちがうんじゃないかと思う」

アンが靴の裏を見たが、そんなことはないという。私は元カミの現カミが、高らかに笑っている顔を眼に浮べた。

足は痛いが、せっせと腹は減る。だからやっぱり歩かなければならない。老人たちが小公園で閑雅な刻《とき》を楽しんでいる。犬を連れた婦人たちが目立つ。犬は慣れすぎていて、まるで精巧な玩具のようだ。

弟子兼友人兼通訳のアンがそばについていてくれるけれど、私は言葉ができないから、私の方から人々に話しかけたり、人々の囁《ささや》きを耳に入れたりすることができない。心細いうえになんとなく主体性がなくなって、アンが二歩右へ寄ると私も二歩右へ、三歩左へ行くと私もすかさず三歩左へ動く。自分がアンの飼犬になったような気がしてくる。

ただ一ヵ所、言葉ができなくても平気なのは博打場《ばくちば》で、ここでは私は、何語を話す何国人だろうと、その行為、表情、声の質などによっておおむね腹の底を類推することができる。だから私は、外地ではいつも博打場に入り浸っている。これに類するところはサーカスと喰い物屋だけである。

初日の夜は、ルーレットでツイた。安いチップだが勝ち方が派手だったので、ハウス側にマークされたらしい。二日目に行くと、ディーラーが私を見て飛んできて、婦人客をどけて席をあけるからこっちの台に来い、という。私は端の席に坐ってしばらく眺めていた。

「こっちの席の方がいいかね」

ディーラーが手真似をまじえて、彼の隣の席を示す。そこの方が全体に手が伸ばせる。私が頷《うなず》くと、紳士を立たせてチェンジしてくれる。

「特別待遇ね」

「奴等は納得しとらんのだよ。俺がただの馬鹿ツキか、自力で勝ったのか」

「昨夜はツイてたっていってたわね」

「そうだ。ただ俺は他の客のように先張りしないからね。奴等は投球モーションを盗まれて負けたのじゃないかと思ってる」

「日本でもルーレットやってるのか」

ディーラーが話しかけてきた。ジャポネという発音だけ耳にとめて、勘で答える。

「あるよ《ウィ》――」

「東京か」

「そうだ《ウィ》――」

「新婚旅行か」

ここからはアンが通訳してくれる。

「いや。――フレンチバカラの勉強にきた」

「おお――」ディーラーは笑った。「バカラは簡単だ。三十分も見てりゃおぼえる」

「そいつはちがうぜ。どんな種目でも本式に勝負するまでには五年はかかる。ルーレットも五年かかった」

「日本人は気が短いときいたがな」

「西欧人みたいに概念でやらないからな」

「じゃ、五年もかかって何を覚えるんだ」

「あらゆるしのぎを体験していくのさ。どんなに非常識な目の重なりになっても反射神経で対応できるためにね。理くつで知ったって何にもならんのだから」

私はしばらく張り流して、昨夜の三分の一ほど負けたところで、さっと立ちあがった。アンにフランス語をきいて、これは自分でいった。

「やっぱり駄目だったよ《セ・ドマージュ》」

ディーラーが納得したように頷いていった。

「次はいいさ《ボンヌ・シャンス》」

私はディーラーの自尊心をそこなう気は毫《ごう》もなかった。そんなことをしても意味はない。で、早々にそこを去ってフレンチバカラのテーブルの方に行った。バカラテーブルは昨夜から場《ば》が立っていなかったが、そのときチラホラと紳士淑女が集まりかけていたからである。

ちょうどミニマムの表示の安い卓だったので、初心者には最適だと思った。私は痛む足を曳《ひ》きずっていってあいている席に腰をおろした。

ところが早々に追払われてしまったのである。〝予約《レゼルヴ》〟という係りの男の言葉が耳に入った。何かいおうにも言葉が出ない。

くしゃっとしおれて中途半端な場所に立っていた。私はこういうときすぐにくしゃっとしおれる。無鉄砲な若い頃でもそうだった。何度か、くしゃっとしおれているうちにファイトが湧《わ》いてくる。それがおそい。

スタンドでコーヒーを呑んでいたアンが、けげんな顔で寄ってきた。

「いや、予約をしなかったもんだからね」

フレンチバカラは満卓になってゲームがはじまっている。私はコーヒーを呑み、気をとり直して、バカラ卓のそばの老ボーイに、

「予約——！」と一言いった。

老ボーイは深く頷いた。

私は席についた人々の背後に立ってゲームを眺めていた。日本人かどうかわからぬが黄色人種の中年女性が一人、あとはほとんど常連らしい。堂々たる風采《ふうさい》の紳士淑女ばかりだがチップは意外に小さい。はじまったばかりだから当然席はあかないが、そのうちツカない一人が立った。しかし私は招かれない。ルーレットの方に居る中年女性をボーイが呼びに行く。その女性客が私より早く予約を申しこんだかどうかもわからない。

先年も、これに似た経験を私はしている。南仏ばかりでなくスイス国境近くのディボンヌでもそうだった。欧州ではバカラは常連客のもので、素姓の知れない者を露骨に敬遠する。そのくせ、喉《のど》から手が出るほどカモの御入来を欲しているのであるが。

とうとう、私は卓のそばを離れた。なんだかいつまでもお預けを喰ってる犬ころみたいな気分になったからである。私営カジノの方に行こう、と私はいった。しかしここでも同じことだ

った。私営の方では予約することすら、満卓を理由にことわられてしまった。

もっとも、麻雀《マージャン》でもポーカーでも、気心の知れたメンバーでやるのが好ましい。それはよくわかる。アメリカンスタイルのとちがって、フレンチバカラはお互いのかけひきが必要なので、特に素人が入るのを嫌う。けれども、それならばメンバーを組んで卓を買い切ればよろしい。

「フランス野郎奴、感じが悪いや」

「お尻の穴が小さいのよ、フランス人は」とアンも和した。

「フレンチバカラを習うつもりで、敬意を表して彼等の礼服を着てきたのに」

「それがかえってよくなかったかもね」とアンが笑った。「どうも貸衣裳みたいで」

私はゆるんでいるズボンのジッパーを、アンに気づかれないようにこっそりひきあげた。

翌日、私は市営カジノに行って老ボーイに十フラン握らせ、まっ先に予約した。そうしてルーレットで適当に遊んでいた。すると老ボーイが呼びにきたのである。

私はやっと席につくことができた。昨夜とほぼ似たような顔ぶれである。毎日そうなのであろう。女性が半分。そして半数は、男女とも化けそうなほど年をとっている。皆、十フランか二十フランずつ、ちびちび張っている。こちらは初心者だからチビ張りに依存はないが、勝負というより、閑つぶしをしているようだ。

「お慣れになっていらっしゃらないようね」

隣の黄色人種女史が不意に口をきいた。おや、此奴《こいつ》、日本人か。それなら昨夜、私が追い払われたとき、一言くらい口をきいてもよさそうなものだったが。

「ええ、ルールは一応呑みこんでるつもりですが」

「麻雀をなさる方ね」

そんなことまで知っている。しかし彼女はレギュラーの顔つきで、旅行者ではなさそうだ。それはいいが、カードの端に算用数字がなく、芸術的な絵柄だけなので、慣れないとひと眼ではわかりにくいのである。

「数字の入ったカードは使わないんですか」

「ええ、フランスはどこのカジノもこれですよ」

私の親番になった。子ならば自分から代表者になって勝負しなくともよいが、親になると否応なくカードをひかなければならない。

一度目はよかった。私は7で勝った。二度目、1と10のカードを貰った。私はそう思って、もう一枚、カードを請求した。（バカラは根本的には日本でいうオイチョカブである。合計数9が一番強く0が最低だ）ところが、1と10だと思ったのは見ちがいで、1と8、最強のカブでもう一枚請求してしまったのである。

チッ、チッ、チッ、とディーラーが舌を鳴らした。三枚目のカードは4で、合計3。本来は

9で勝ちのところを私の負けになっている。

化けそうな年寄りが何かいっている。その対面《トイメン》の老女もブツブツ。左側の老紳士は呆れかえったように赤鉛筆をコツコツ卓に打ちつけている。

「チョンボです、ごめんなさい」と私は隣の女史にいった。

「でも、何故?」

「カードの見ちがいです」

罰則《ペナルティ》があれば、たとえ賭金の何倍であっても払う気であった。しかし罰金を払えというのでもないらしい。ディーラーは私が言葉が不自由と見て隣の女史に、険しい顔で何かいっている。

「連れか」

「いいえ」

「日本人だろう」

「でもここで会っただけよ」

ペラペラペラ——。

「貴方《あなた》、このゲームはね——」と女史が私にいった。「カードを一枚引きちがうと、あとの勝負の運がこの一組のカードに関する限りすべて崩れてきて、皆さん大層、迷惑なさるのよ」

「よくわかっています」

「席を立ってくれといってます。貴方、もう少し慣れてからおやりになるとよろしいわ」

私は無言でその場から退いた。

ああ、ヨーロッパに来てるんだな、と実感した。そうして自分が、ばくち場でもやはり言葉のできない犬ころにすぎないことをさとった。

ジョセフと再会したのは三十日の午後だった。ホテル・ネグレスコで昼食をとって出てくると、居たのだ。元気でいるかな、と私はニースに着いたときから思っていた。

ジョセフは観光タクシーの運転手で、ネグレスコの前が彼の客待ちの場所だったから、居て当然なのである。こちらからは声をかけなかったが、彼も記憶していて、運転席から飛びだしてきて、確かめるように私を見た。

「レイニーマン――」

「ジョセフ――」

「おお、ムッシュウ」

私たちは握手した。先年、一週間ほどこの地に居たとき、一年に三日か四日しか雨が降らないという土地なのに、一日は嵐模様、あと二三日ぐずついた。レイニーマンだ、と彼はいった、今日も雨だが、俺にはわかってた、なんとなれば、ムッシュウが居るからさ。

ジョセフは職業柄、英仏独伊四ヵ国語を使いわける。そうして、もちろん耳学問であるが東京、大阪ばかりでなく、名古屋、仙台なども知っている。

日本人が金離れがいいというそれだけでない実意があって、私とそのときの相棒は彼をすっかり気に入り、一緒に彼の行きつけの食堂に行って呑み喰いしたり、女房子の写真を眺めて彼の自慢話をきいてやったりしたものだ。

「早速だけど、モナコまで行ってくれないか」

「モナコ、オーケー、又カジノか」

「もちろんだ」

「しかし不思議だ、今度は雨が降らないね」

「いいクリスマスだったかね」

「物入りでね、面倒だよ。不景気だからな。でも俺はよく稼《かせ》いだ。界隈《かいわい》一だろう」

「腕がいいんだな」

「格がちがうんだよ、他の運転手とは」

ジョセフは小柄なので、胸をそらしても客席からは首だけしか見えない。

一方は紺碧《こんぺき》海岸、一方は崖《がけ》と白い洋館。アンがいそがしく写真をとる。ジョセフはいつもわりに細心で、うまくスピードをコントロールしてくれる。

「ほんとに油絵にそっくりね」

「デュフィか――。あのね、ジョセフの息子さんは電気技師になるための学校に行ってるんだ」

「未来の電気技師さんはどう？」

「あ、息子かね、駄目。落第ばかりしてる。やめさせようかと思うんだ。しかし、どうもねぇ、若い者は駄目だね」

車をとめてお茶を呑んだ。アンは本来、写真家でもあるから、崖の上でパチパチ写している。私とジョセフと二人きりになると言葉を交すことができない。

ジョセフがポケットに一本刺さってた葉巻を抜いて私にくれた。

「――安物《イッツ・ナッツト・ベスト》だぜ」英語でいった。

「メルシィ――」

アンが戻ってきてから、ジョセフがいった。

「カンヌで飯を喰ったとき、ムッシュウが葉巻をくれたろう。嬉しかったよ。あれはハバナだったな」

私は一昨年の大病の話をし、腹部を十文字に斬った痕《あと》を示した。するとジョセフも肩の下の傷痕を拡げた。ドイツ戦線で受けた鉄砲傷である。彼はドイツ人の客を乗せない。それから、どういうわけかイタリー人も乗せない。

「でも、今となると思い出だろう」

ジョセフは返事をしなかった。私の言葉が東洋的でありすぎたのだろう。

モンテカルロはあいかわらずうすっぺらい町で、賭博場でもなければ来る気になれないところだ。

近頃、アメリカ系のホテル・ロウズがアメリカンカジノを開いたときいてやってきたのである。私はフレンチバカラのチョンボのショックで、ヨーロッパを逃げだしたい気分になっていた。

ロウズは大混雑だった。アメリカ人の客も多い。アンの話によるとアメリカ南部のオクラホマかニューメキシコあたり、もっとも汚ない言葉だそうだ。

アメリカンバカラはなかったが、アメリカンルーレットがあり、これは手の中《うち》に入っている種目なので、おちついてやりたいと思うが、大混雑でそうもいかない。

イラン人の青年が大ゴマをかけている。一万フラン（約五十三万）の四角いチップを百フランにくずしてべたべたっと一面に張ってしまう。数秒間でとられると、またべたべたっ――。

私は人波をかきわけて、逆目を張って稼いだ。あの褐色の青年と同じく小判鮫になったわけである。

現場監督《ピット・ボス》がディーラーのそばにきて英語で何かささやいている。アンがそれを忽《たちま》ちキャッチする。あれはいい客だからストレートにはぎとるな、といってるのだそうだ。するとたまにはわざとイランの方へ投げこむと見なければならない。それはいつか。イランの張りチップが比較的すくないときだ。

どうも、ばくち場に居ると、姑息《こそく》になる。では市民生活をしているときはどうかといわれると答えに窮するが、昨夜のフランス人たちの態度がわからぬでもない。

私は大汗をかき、いくらかの浮き分をつかんでアンとともにカジノを出た。もう飯の時間なのである。私たちはフロントの前を歩いてホテルの正面から出ようとし、思いかえしてエレベーターで五階までいくことにした。モンテカルロは丘の町だから、五階にも外部に通じる入口がある。坂を昇っていく世話はない。

フロント前のロビーには紳士淑女が集まっている。ふと、私は、自分の下腹部がエプロンをつけたように白いのに気がついた。よく見るとワイシャツの裾である。

ジッパーが完全に下にずりさがっているばかりでなく、ズボンの一番上のフックがはずれていて、下腹部がぱっくり口をあけているのである。

これは大変だというので、私たちはエレベーターに走りこんだ。幸いにも自動で私とアンだけである。

ところがアッというまに五階についてしまって、やっとフックをかけ終ったとき、扉がするすると開いた。

折あしく、そこにアメリカ人の老夫婦が待っていた。私はあわててジッパーをずりあげた。老夫婦は身動きもせず、たまげたような表情で私たちを眺めている。東洋人奴、ときっと思ったにちがいない、エレベーターの中で何をやってたんだ。

私自身すらたまげて、食欲もなくなり、タクシーをひろって一散にニースへ駆け戻ってきた。驚きのあまり、睡眠発作症《ナルコレプシー》の発作がおこってタクシーの中で居眠りをした。

ショックを受けて居眠りをするあたりが無規範であるが、さらに、居眠りをしたらすっかり元気を恢復《かいふく》して、もう一度フレンチバカラに挑戦したいという気分になった。

これもさんざ笑い転げたために疲れはてたアンをホテルに帰して、私一人、私営のホテルカジノに行った。

けれどもバカラはやはり満卓で、予約しようとしてもボーイは首を振るばかりである。

市営カジノと同じく、いや、もうひとまわり恰幅《かっぷく》のよい老紳士淑女が丸卓のまわりに居流れて、市営のよりずっとレートの高いチップを動かしている。彼等は丸卓の仲間以外見向きもしない。ディーラーも洗練された手つきで、芸術的な図柄だけのカードを素早くあやつり、たちまち片づけてしまうので、眺めていてもすぐにはどちらが勝ったかすらわからない。

私はあきらめてルーレットの方に行った。ツカなかった。午前三時までねばって、へとへとになり、懐中の銭を大分減らして悄然《しょうぜん》と引きあげた。

足は痛いし、疲れがどっと出てまた睡眠発作がおこりかけている。深夜だが、年末のせいか酒場はまだ開いているし、人通りもある。私は、びっこを曳きながら二十メートルばかりの車道を斜めに横切ろうとしていた。

敷石のほんのわずかの窪《くぼ》みに、軸足の右が入ったらしく、がくんとねじった。私の身体は大きく傾き、痛む足の方で半端に踏みとどまろうとしたためにかえってまたねじり、最初の右足が地についたとたんに大きくすべった。

私の身体は宙に浮き、烈しい音をたてて腹から落ち、ざざざっと車道の端までスライディングした。通行人が走り逃げていくのが見えた。多分、マフィアに射たれたと思ったのだろう。直前に驟雨《しゅうう》があったらしく、私の身体の前面は泥だらけ。タキシードは肱が大きく裂け、膝《ひざ》のあたりも穴があいたようである。

私はほうほうの態《てい》でホテルにたどりついた。ところがである。万事休す。扉がロックされている。灯は奥についているが、誰も人影はない。ベルを押しつづけても誰も出てこない。

電話という手は、かりに誰かが起きてきても、こちらが言葉を発せない。

ようやくにして裏の通用門ということに気がついた。四辺《あたり》を探してようやくみつけたが、べルを押しても音信不通。ベルが鳴っているかどうかすらわからない。

チラホラと通行人がくる。最初がご婦人、次が遊び人風の三十男。いずれも私の姿を見て、ぎょっとしたように足を速めてしまう。

海岸の砂浜へでも行ってひっくりかえろうかとも考えた。しかし、パトロールの警官にでも見られたら、死体と思われてしまうだろう。それより、こうしているうちにも通行人の誰かが通報して警官がくるかもしれない。いかなる場合にも私は徹底的に声を発することはできず、照れ性だから手真似もいやだ。

約一時間、呆然としていると、若いフロントマンが眠そうな顔で起きてきた。

「――?」

そういう相手の顔を無視して、私は東洋風の無表情を装い、のそりと中に入った。

かくもひどい目に遭遇するのも、もともと私が無規範なためである。それはよくわかっている。だから、誰を恨むこともない。

しかし、それはそれとして、フランスはどうにもならんところにきているようである。規範がかせになっている。そうして、そのかせにしがみつく以外の生き方を見つけていない。科学の発達で西欧の規範はおいてけぼりを喰った。だが急には規範は捨てられないし新しい規範はまだ無い。そこが深刻ななやみなんだな、という先輩の説をきいたことがあるが、賭博場に居てもそれはひしひしと感じる。

「アメリカの方がまだいいな。あそこは世紀末と新胎動がこんぐらかっているが、ここには世紀末すらない。あるのは死臭ばかりだ。ひどい国だなァ」

アンは西欧をけなされるといつも恨めしげな顔つきになる。

「じゃ、日本はどうなの」

「日本は、目茶苦茶さ。だがここよりはいい。運次第でどうにかなるかもしれない。ここにいるとそんな気がしてくる」

「そうかしらね。昨夜の今日で、よくそんなことがいえるわね」

大晦日《おおみそか》の夜、どこで新年を迎えようかということになったが、やっぱり行くところがないのでカジノへ行った。

どこからこんなに集まったかと思うほどの紳士淑女たちが、いっせいにタキシードや夜会服に飾って集まっており、ラフな恰好でびっこを曳きながら入ってきた私の方に、奇異な視線を浴びせてきた。

ロンドン・デイグル一家

電話のベルが鳴った。

私はトイレに入っていた。

ホテルにはバストイレ室に子電話がついていて、——なるほどこのホテルにも端っこの壁にそれが附着しているが、私は今、便器にすわっていて手を伸ばすことができない。だからベルが鳴っても心をなやますこともない。実に運がよろしい。

私における電話とトイレの関係というものはやや宿命的なもので、東京の仕事部屋で私一人になる折があるが、そういうときにトイレに入ると必ず電話が鳴る。机に向っているときはほとんど鳴らないのである。何時に電話がかかるという約束があって待ちかまえているときにすら、鳴らない。

あ、これは、此方《こっち》がトイレに入るのを狙ってかけてくる気だな、と思うから、トイレには行かないが、行くまいと思うとかえって気がそこに集まって便意がおこらざるを得ない。だいいち一日行かないわけにはいかないが、行けば、鳴る。電話番のような顔つきで電話の前に居坐り、その印象をつよく与えて敵の油断をみすまし、脱兎《だっと》のごとく駆けこんでも、鳴る。排泄《はいせつ》をしながら鳴りつづけるベルの音をきくときほど空《むな》しい気分になることはない。小用のみのときなど、途中で押しとどめ、身を泳がすようにして駆け寄るが、受話器の三歩ほど手前で、ぱたっと鳴りやむことになっている。

東京は、だから不便だが、ここは英京ロンドンのホテルの一室である。私は言葉ができないから、外国ではいかなることがあっても電話には出ない。出ないときめてはいても、そばで電話が鳴ればよい気持はしないが、その点、トイレの中なら出るに出られないのだから気が楽である。

電話がかかってくるときは、トイレに居るにかぎる。

もっと鳴り給え。どんどん鳴り給え。鳴って鳴って、ゼンマイがこわれるほど鳴りつくしてくれ給え。

再々にわたって言語のことを記すようであるが、先年、ヨーロッパのばくち場を歴訪したときに、やはり舌がひき攣《つ》りっぱなしであった。舌が順調だったとしても私には単語のストックがない。西ドイツ国内をふらついている間に、ダンケ、という言葉を脳にきざんだ。いや、知らなかったわけではないが、この種の言葉は反射的にいえなければなんにもならない。

その訓練が実って、ダンケ、すっと口に出る自信を得たが、そのとき私はイタリーに来ていた。いそいで、ダンケ、を脳裏から消して、グラーチェ、の訓練にはげむ。ところがまもなくフランスに流れたので、グラーチェをまた消して、メルシィ、である。その複雑さに耐えられない。もっとも頻繁《ひんぱん》に使う必要に迫られるのは、失礼、という奴であるが、パルドン、これがなめらかに出るまでに私などは三年ほど滞在しなければならない。あ、どうも、でなく、エクスキューズミイ、でなく、うろうろしてるうちに機会を失する。間髪をいれず何かいおうとして、突如、消したはずの、ダンケ、が飛びだしたりする。

秋野卓美さんという瘦顔美髭《そうがんびぜん》、ルオー描くキリストの如き風貌《ふうぼう》の画家が居るが、この人も私と同じで、外国語はもちろん、日本語もなめらかでない。なにしろ、混血の美女をピクニックに誘おうと思って、プラトニックに行きましょう、といっちゃったという人物である。

過日、フランスから某という画家夫妻が来日し、友人たちで小パーティをした。フランスの画家はフランス人だが妻君が日本女性で、だから日本語で用が足りるが、夫妻の一粒種で五歳になるお嬢ちゃんは日本語を解しない。またこの娘がおしゃまでかわいくてパーティの人気をさらう。皆が彼女におあいそをいう中で、秋野さんだけがむすっと押しだまっている。

お嬢ちゃんも、このぶあいそな髭男《ひげおとこ》を、一人おいた席から不思議そうにチラチラ眺めている。秋野さんもべつにぶあいそでだまっているわけではないから、何かいってやりたく思い、チラチラ視線を合わせているうちに、どうしても声をかける必要に迫られたような気分になった。

そうして、優しい眼になり、お嬢ちゃんに笑いかけながら、自信のなさをねじふせるようにして、

「ムッシュウ」

といったというのである。

またそのときが、偶然、皆の話し声がぱたっと途絶えて静まりかえったときで、
「あたしはムシュウじゃない。この人は何故《なぜ》、あたしを指してムシュウというか」
とその小娘は立派なフランス語で、満座に向ってそういったという。

今頃、ロンドンに居るつもりではなかった。私たちは地中海でタキシードを着て、それからまっしぐらに日本に帰る気であった。

コートダジュールから、予定を変えてパリに行った。パリに居るうちにまた予定が変ってロンドンに渡った。では予定など造らなければよさそうなものだが、一応遵守すべき線をつくっておいて、それをふみ破らざるをえなくなるというところに、生きている実感がある。

日本を留守にしてもう二十日あまり、その間に新年を迎えている。この地では毎日カジノに行っているので、勝てば、滞在費など屁《へ》でもないが、負ければその逆である。そうして今回、ニースでチョンボしたりして、大負けはしないが、もともと大金など持ってこないその金が、じわじわ減っている。

新年がきて、私の四十代ももう終りに近い。こんなことをしていてどんなふうになろうとすべて自分のせいで不服があるわけではないけれど、こうして予定が変更しつづけて、じわじわと負けていき、ついに電車賃すらなくなって、死ぬまでこの地に居坐らざるをえなくなるとい

う事態を想像すると、ふっと笑いがこみあげてくる。

同行の、友人兼通訳兼マネジャーのミセス・アンが、ニースで、ロンドンに電話をかけた。

アンは養父母がロンドンに一家をかまえている。バーニー・D・デイグルさんの一家で、ユダヤ人である。

「アンかい、ニースへ来てるって。おお、どうしてこちらへ寄らない」

「ボスと一緒なのよ。ニースにギャンブルに来て、これから日本へ帰るところなの。——いいえ、観光じゃなく仕事なのよ」

「仕事だって？　ギャンブルがか」

「そうよ。ボスは日本のギャンブラーなの」

「ロンドンに居た頃は、アンは、ギャンブルが嫌いだったじゃないか」

「それがね、日本に居るうちに、どうしてかこういうことになってしまったのよ。日本で、マージャンをおぼえたのがよくなかったのね」

「アン！　お前はたいした娘になったな。いや、すばらしい仕事だ、最高の仕事だよ。ギャンブラーは無から有を得る。我々の理想だ。ボスによろしくいってくれ。そしてこう伝えてくれ。フランスのケチ野郎相手にギャンブルしてたって駄目だ。ロンドンにいらっしゃい、とな」

「ロンドンのカジノは面白いの」

「ロンドンはギャンブルの都さ。バーの数ほどカジノがある。ロンドンに来ないでギャンブラーなんていえないよ。だいいち、去年がエリザベス女王の即位三十周年で、英国の元《もと》属領から金持がわんさと集まった、そいつ等が正月すぎまでまだ残ってるだろう。獲物に不自由しないよ」

以上は電話の会話の要約である。大要これだけのことを話すのに、二十分近くかかった。何故かというと、ダディが話しているところをマミイが受話器をもぎとって話しだす。それをさらにダディがもぎとる。まァそれは二年ぶりのアンの声であるからしてよくわかるのであるけれど、ダディがロンドンのカジノの名前を次から次にあげ、英国スタイルのルールや客のあれこれを話しだして長くなると、マミイは堪えかねて二階へ駆けあがり、親子電話で、アンにはアンの計画があるのにダディは一人で勝手なことをしゃべっている、とどなりだし、ダディは、マミイが嘴《くちばし》をいれるから長くなる、といい返す。

男のくせにおしゃべりね。冗談じゃない、俺はちがうぞ。ちがわないわよ、この前も——というような日常の件に移り、口論ははてしなく脱線してとまらない。電話代はこちら持ちだから、アンはおろおろし、必死でわりこもうとする。シャラップ、アンはだまって！　といわれてしまう。

とどのつまり、二十分ほどして我にかえったマミイから、アン、こんな長電話をして無駄遣いしてはいけない、と叱られた。

ニースでも、パリでも、何度か交信したが、いつも同じように、大騒ぎになり、長くなる。そうして、アンの電話はいつも長い、これでは財産がいくらあってもすっとんでしまうよ、と説諭される。

パリでは、デイグル家の長男アントニーにも会った。彼はパリでホテル学校に行っており、彼の二人の弟も、ロンドンユニバーシティのホテルマネージメント科に行っている。父親が小さなホテルを持っているせいもあるけれど、息子たちの夢はもっと壮大で、第二のヒルトンをめざしているようである。

アントニー曰《いわ》く、まずロンドンに建てて、それからあちこちにチェーンをつくる。アン、そうなったら日本の観光客をどんどん連れてくるんだぞ。

ニースでも、パリでも、言葉の障害が大きくてギャンブルの成績がパッとしなかったせいもあるが、私は次第に、デイグル一家に興味を持ちはじめた。

イギリスというと、女王、森林、競馬、洋服生地。それがフジヤマ、ゲイシャみたいなもので、どこの国でもその奥が深くあることはわかっているが、旅行者はなかなかそれを知る機会をえない。それならドーヴァー海峡をちょっと越えてみるか。

私が着いた日のロンドンは暖かく、陽すら当っている。概念とは大ちがいである。真四角の黒い武骨なタクシーがたくさんとまっていて、その一台で、飛行場からロンドンのユダヤ人地区であるフィンチリー・ロードに直行した。

市営住宅なのだそうだが、綺麗《きれい》な花壇に囲まれた文化住宅風の家から、ダディとマミイが飛びだしてくる。デイグル家の車の中から犬も歓迎の声をあげる。握手。ハウドゥユウドゥ、グラッドトゥシーユウ。

ダディとマミイは、アンに早速こう訊《き》いたそうである。

「日本人の名前はむずかしいが、アンのボスをなんと呼べばいいか」

「ブダイ――」

「ブッダ?――」

「ノウ、ブダイ・イロカワ」

「ブッダ、か。ふうん、東洋の大物だな」

ミスターブッダ、とマミイからいきなりいわれて私は面喰らった。腹は減ってるか。

パリの飛行場でつまらんものを喰ってきたので腹は減ってない。

マミイはやや気に染まない様子で、でもパリでならもう二三時間はたってる。喰べられるね。

「マミイはそのつもりでいたのよ。ユダヤの家庭じゃ客にまず何か喰べさせたがるの」

「ああ、むろん、ご馳走になるよ」

末っ子のデイヴィッドが出てくる。アンを囲んで歓談している。私は壁の家族の写真など見ている。

「ところで、ギャンブルだが、ブッダ」

とダディが話しかけてきた。アンが通訳だ。

「どうすれば、勝てるかね」

「まず、小心、これがベースです」と私は答えた。「それに加えて、決断する勇気、粘着力。技法の上からいえば、反射神経と体力。そうして、自分の意志をヴィヴィッドに汲《く》みとり、制御することができれば大丈夫です。私がそうしているとはいいませんが」

もちろんこれは辞書の語訳のような答えで、これだけでわかるわけはない。けれどもダディは、さながら仏陀《ブッダ》の託宣をきくごとき神妙な顔になっている。ダディばかりでなく、家族が私を見る表情に、なんとなく尊敬の念がこもっている。こう記すとおかしく思われる方も多かろう。

けれどもそうなのだから仕方がない。一家じゅうがギャンブル好きで、ただ一人異を唱えていた不肖の娘のアンがギャンブルにタッチしだしたことをまだ半信半疑でいたのが、ブッダを眼の前に見てやっと納得したという恰好だ。

もっとも、正確にいえばギャンブルが好きというよりも、彼等の関心はその有効性にあるらしい。汗を流し働いて得る金を一瞬の間に得てしまえる点で最高なので、これで勝つ人間が理想に見える。負ければ最低なのであるが。この点は日本のギャンブル階層も大差はない。我々庶民はどこも似たようなものだといえよう。

客間の棚に本が並んでいて、横文字なので私は注意をはらわなかったが、カジノギャンブルのハウトゥ書ばかりだという。

私も、あれはどんな程度のことが書いてあるのかと思って、アメリカで一冊買ってみた。アンに読んで貰ったが、その一部をご紹介しよう。

ジャッキー（ドボン）の項である。最初に三枚、チップを賭《か》けろ、とある。負けたらまた三枚、これが基本である。勝って六枚に増えたらそれに三枚足して九枚お張りなさい。また勝って十八枚になったらそれに三枚足して二十一枚にして張る。そういうふうに勝ったらどんどん足して張る。負けたら、また最初からおやりなさい。

無責任きわまりないことが書きなぐってあっていっそ面白い。おそらくここに並んでいるのも大同小異であろう。ダディもマミイも真剣に読み漁《あさ》って、結局得るところがなかったという。けれども私のいうことだってただの観念で、同じように得るところがなかったにちがいない。

マミイの手料理が出てきた。フライドポテトと自家製腸詰とスクランブルエッグが大皿に盛られている。一見平凡だが、腸詰は、マウイ島のチンボコソーセージに迫るほどの逸品だったし、簡単なようでむずかしいフライドポテトも上々で、腹が減ってないのが残念なくらいであった。

マミイが煙草をプカプカ吸っている。

ダディがちょっと悲しそうな顔をしている。

イギリスは煙草が高いのである。フランスも高い。だから、紙巻の十分の一くらいの値段の手巻き用の煙草を売っていて、薄給の人はそれを吸う。

日本でも敗戦直後によくみかけたし、映画では西部劇でカウボーイが吸っている、あれである。ペーパーに煙草の葉を乗せてくるくるっと巻き、ペロリと舌でなめてくっつける。アンもこの技術に長じている。ところが、アンに作ってもらって吸ってみると、これが軽くてうまい。製造して日がたっている紙巻煙草とちがって、乾ききっていないからだという。そういえば日本の煙管《きせる》で吸うきざみ煙草も、辛くなくてうまかった。英国人は、この葉を罐《かん》に入れ、レモンの皮などを埋めたりして持ち歩いている。

ところで、マミイは紙巻煙草を吸う。ダディは吸わない。ただし、スペインに行くと吸う。スペインは煙草がひどく安くて、二十本入り一箱五円という感じなのである。

普通の英国の家庭は、イースターとか、クリスマスとかにまとめて休暇をとって、家族全部で遊山に出かける。けれどもデイグル家は、ダディが、小さなホテルとディスコとアパートを経営しており、サービス業であるためにまとまった休暇はおろか、土曜日曜も休めない。

それで三年か四年に一度、大決心をして、家族一同揃《そろ》ってリクリエーションを試みる。行き先は、必ずスペインである。車に全員を詰めこみ、フェリーで海を渡り、長駆スペインに行く。行き先は遠くても他のどこへいくよりも金がかからない。何故といって、天幕を持っていって野営するからである。スペインは暖かくて裸でもすごせるところだ。食糧もワゴンに積みこんでいく。

そうしてダディは、ここでは屈託なく煙草を吸う。けれども、安いからといって、買い溜《た》めてイギリスに持って帰って吸うということはしない。イギリスでは我慢する。そうしてマミイのプカプカをうらめしげに眺めている。そこが面白い。

「なにしろ、ダディはケチなのよ。そのうえ小廻りなの。小廻りしかできないの」

なるほど、ケチだ。ケチに関しては私も人後におちないが、ダディは私とちがって働き者で、生真面目だ。働き者で生真面目だからケチなのかもしれない。

ダディがどんなふうに働くか。朝から晩までというが、昼間はアパートとホテルを廻り、夜から深夜にかけてディスコをのぞく。その間、三時間おきにちょこっと自宅へ帰ってきて、居間の椅子に坐って溜息《ためいき》などつき、せかせかと出かけていく。身体《からだ》が本当に解放されるのは午前三時から四時頃である。

ロンドンには至るところに青空市場ができるが、ダディは日曜の朝の場所の権利を手に入れていて、一刻の閑《ひま》をおろそかにせず、いろいろなものを売りに行くのである。

二十着で五ポンドというシャツを仕入れてきて、一着五ポンドくらいで売る。それでもちゃんとした店で買うよりだいぶ安い。もちろん、ローズ物という奴で、小さな穴があいていたり、どこかキズがある。

着るとすぐに毛玉ができてしまうセーターなんてのもやる。

そのへんはもう野放図なもので、片っぽうずつの靴をたくさん仕入れてきて、組合せて売っちまう。

口上のプロをやとって人集めをしておき、自分はその周辺で、ユゥウォーントエニスィング——。

ジャンパーだろうがセーターだろうが、似合うよ似合うよ、大似合いだよ——。またイギリス庶民は貧しいし、特に外国から寄留している人たちが喜んで買っていく。

野放図なようであるが、イギリスの冬の野天は寒い。氷雨の中を、アラスカにでも行きそうな身仕度で、それでも寒くてじっとしていられずに飛びはねながら売ってくるのである。

デイグル家は大金持ではないが、小金は貯《た》まっている。営々として貯めたというところだろうか。それでもそんなことをやらずにはいられない。そこにケチという以上の迫力がある。

「二十ポンドの投資で六十ポンドぐらいになることだったら、なんでもやるわね。でも、二百ポンド投資するとなると、じっと考えこんでなやんじゃう。ダディはそういう人なの」

私たちが行った折も、リビングルームの隅っこにシャツが積みあげられてあった。

「トシ（アンのご亭主）にどうかね。土産物を買うんだったらこれにしなさい。ロンドンのシャツは品物がいい」

ダディは親愛の情を声にこもらせて、

「アンのことだから、三ポンドでいい。本当は五ポンドで売ってるのだけどね」

アンははかばかしい返事をしない。それはそのはずで、ついさっき、二十着五ポンドで仕入れたときかされたばかりなのだから。

どうもこの品物はあまり出がよくないんだ、とかなんとかぶつぶついいながら、ダディはシャツを手にしたついでに、その商売物で窓の汚れを拭いちゃったりしている。

それはともかく、ユダヤ人の家庭では、男の子も女の子も、まず働くということを仕こまれる。働かざる者喰うべからず。そしてその次に、手に職をつける。働くとしても専門技術を身につけないと喰いっぱぐれをしかねない。それから商売、これは女と口を狙え、という。つまり、アクセサリー類とか喰べ物業。両方とも廃ることがない。

アンが二度目の結婚に破れてデイグル家に寄留していた当時、ダディとマミイが知合いの中から結婚相手を物色する。

ギリシャ系英国人の弁護士が居た。彼はロールスロイスを持っていた。

「あの車はいい――」とダディがいう。「たしかに一考の値打ちはある。しかし弁護士ってのは完全な専門技術とはいえないよ。客がつけばの話で、どういうことがあって客がつかなくなるかもしれない」

アメリカのチャタヌガという田舎町に住むパイロットも遊びにくる。

「チャタヌガは遠いし、いくらパイロットだからって我々が会いにいくとき、飛行機代がタダになるわけじゃないだろう」

アンのご亭主のトシは、その頃、ロンドンで著名な写真家の内弟子になってい、自分でも少しずつ写真をとりだしていた。彼はおとなしいし、遊びに来て家事を手伝ったりしてマミイの点数もあがってきていた。

「トシは今は貧乏だが、まじめだし、手に職もある。そのうえ、いい人だ」

それで決まったのだという。働き者で、専門技術があり、第三にはじめて、いい人、という線が出てくるのである。

私はデイグル家にほど近いホテルに泊っており、二年ぶりに養父母のもとに帰ったアンと誘い合せて、あいかわらずカジノに日参していた。

すぐに慣れたけれども最初の晩はおどろいた。乗用車《ヒルマン》が火を噴いて修理に出したとかで、おそろしく旧式で大型の（スペインにいくときの奴であろう）ワゴンをガタガタといわせて迎えにくる。ダディが運転しており、盛装をしたマミイも乗っている。

「ブッダのギャンブルを見にいく」

そういってきかないのだという。

「アンの従兄《いとこ》でポールってのがいてね」

とダディが運転しながら話しだした。

「芸能ジャーナリストなんだ。そいつの両親が死んで、このあたりじゃ幅が利かなくなったせいもあって、アメリカに移住したいといいだした。でもゴシップ屋じゃいつまでたったって移住費が溜まりゃしないやな。で、六十ポンドほどの貯金をはたいて、カジノへ行ったんだ。もちろん俺もコーチとしてついていったよ。それで二晩やって、四百ポンドも勝っちまった。四百ポンドもだぜ」

ダディは、アンが通訳するのをもどかしそうにしゃべり続けた。

「奴が勝ちだしてきたとき、俺は夢中で、赤、とか、黒、とか、今度は大の目、とか怒鳴った。

奴はいうことをきいたりきかなかったり。それでも俺は怒鳴り続けたさ。奴も夢中でわめいて、俺たちはカジノからつまみだされそうになった。だが四百ポンド勝ったんだ。えらい奴だった。それでアメリカに行って今はロスに住んでるよ。デイグル家の身内じゃ、まず奴だ。それからアンが、ギャンブルを仕事《ビジネス》にしてるとすれば第二。アンをそうさせたブッダもえらい」

ダディは冗談をいっているわけではないのである。私は、その晩ばかりはカジノで運がツクように神に祈りたい気分になった。ここまでいわれて惨敗したのでは、面目《めんぼく》がない。

その晩は、ヴィクトリア・スポーティングクラブへ行った。これは中級のカジノで、私が巡ったロンドンのカジノではもっともおちつけた。おそらくアンもそうだったろう。客層が圧倒的にユダヤ系が多い。

ダディは私たちを送り届けると、そのワゴンであたふたと自分のディスコやホテルを見廻りに行った。

私は手はじめに、空席があったフレンチルーレットに坐って賭けだした。運よく、というか、順調にチップが増えた。

立って眺めているマミイの眼が、ぎらぎら輝いている。ボロが出ないうちにと思って、私はチップの山の一部をマミイの方に押しやり、

「運だめしにやってごらんなさいよ」

マミイがびっくりしてアンを見る。

「いいのよ、ブッダのプレゼントよ」

マミイは私の隣で張っていて、とったりとられたりしているようだったが、私とアンが食堂でコーヒーを呑んでいると、やがてチップを抱いて現われた。

「ブッダのように増えないわ。でも減らない。ルーレットはいつも取られてしまうのに」

「ルーレットはね——」とアンが私の受け売りをしている。「偶然じゃないのよ。ディーラーとの心理戦よ。ディーラーの心理を読むの」

「ハウトゥ書にはそんなこと書いてないよ」

「ハウトゥ書はインチキなのよ」

「でもね。ブッダに直接ききたいね」とマミイはいった。「日本語はむずかしいだろう」

「そうね。ほんとにむずかしいわ」

「あたしはこの年になるまで英語だけで充分だと思ってたよ。でも今夜はじめて、日本語をおぼえたくなった。いつかアンのところへ行ってみたいしね」

私はバカラをはじめた。これは一進一退だった。マミイばかりでなく、ダディもいつのまにか来ていて眺めている。

さきほどのチップでマミイが張りだした。彼女は席につかないで立ったままだ。人の背中越しにプレイヤー（子）に張る。本当はセオリーとしてはこんな場合にバンカー（親）の方に張るべきなのだ。何故そうかは煩雑になるので記さないが。

「マミイはね、プレイヤー専門なのよ。テラ銭を払いたくないからね」とアンがいう。

私は笑った。バンカーに張って勝つと、勝ち額の五分ほどゲーム代をとられる。プレイヤーに張って勝っても払う必要がない。その分だけルールの上でバンカーが有利になっているのであるが。

マミイは続けてプレイヤーに張って、三度とられた。唇をへの字にして怖い顔だ。四度目、チップを少しまとめて又プレイヤーへ。

危ないな、と私は思った。マミイは向っ気が強いから意地を張る。こんな張り方は大敗につながる。

ところが、そこでプレイヤーが出た。

「グッド――！」私は笑いかけた。

だが表情を崩さない。そして又プレイヤーへ。ダディが何かいってる。得意の口論がはじまりかけている。

しかしマミイはなかなかしたたかで、二度とられては大きくとりかえし、減りだしているが、どっとは減らない。

ダディが我慢できなくなって自分でチップを買ってきたらしい。そうして恐る恐るチップを張った。マミイもそうだが、ダディも基本的には最低単位の二ポンドだ。

ダディは最初の賭金をとられて沈痛な表情になった。じっと掌の中のチップを算《かぞ》えている。そして次はバンカーへ。と思ったらそれを動かしてプレイヤーへ。しかも、勝負の声がかかる寸前に思い直してチップをさげてしまった。

その気持は実によくわかる。張らずにいても悔むが、張ったあとの悔みというものは誰にしても大変なもので、まだ答えも出ないうちに、ただやみくもにどうしてあそこへ張ってしまったんだろうという気分になる。ダディがそうで、チップを張ったとたんに、何が何でも、張ったチップをとり戻したくて両手をアップアップさせている。それがはずれるものだから不機嫌になってしまい、しかしやっぱり張るので、張れば悔むし、もうゲームがはじまっているのにそっとチップをずらそうとしてディーラーに叱られたりしている。

アッというまにダディのチップはなくなった。あんなに悔い反省し、気持をいためたわりに結果は簡単であった。ダディはしょげてマミイのチップをただ眺めている。

「ダディは大丈夫だ――」と私はアンにいった。「ギャンブラーとしてまちがいは犯さない」

「どういう意味なの」

「絶対に大張りしない、アツくなってバランスも失わない。怪我しないよ」

「そりゃそうよ、度胸がないもの。ただ、それだから好きでしょうがないのよ」

「わかるね、とても」

その晩、アンからきいた話。

ダディは大分以前、少額だが負けつづけたことがあった。ハウトゥ書をいくら眺めても効果がない。そこで熟慮した結果、どうしても、自分がハウス側になる以外に儲《もう》ける道はないと気がついた。

ダディは知合いの筋をたどって、カジノの経営免許を持っている人から借り、自分のディスコの中二階にルーレット台をおいた。紫色の壁に金ピカピカのデコレーションを飾り、青空市場で買ってきた鏡をはめこんだという。

ところが、呆《あき》れ返ったことに、馬鹿ツキの客が居るのである。ダディはキャッシャーの窓口に坐ったのであるが、ひっきりなしにチップを現金に換える客が現われる。あまりのことにまっ青になり、息がつまり、札《さつ》を算えるのに眼がくらんでしまう。

揃えて出した現金に客が手を伸ばそうとする、その瞬間に、ふと算えまちがいをした気が強まり、ダディもあわててその札をとられまいとする。

チップを張った瞬間と同じで、悔いが溢《あふ》れかえるから、両手がわなわなふるえるのである。

ダディと客とは、しょっちゅう、札の端を双方で握ってひっぱりあいを演じたという。

ユダヤ人は女系家族だそうである。女性は男の子を産み、係累を増やすものとして大切にあつかわれる。男の子は産れたときにユダヤ教の洗礼を受け、洗礼名を貰う。

家族乃至《ないし》同族の結束は固いが、しかし結婚の相手としては異民族も歓迎である。異国の土地へ行って種族を増やすことになるからである。これはユダヤ人の他の属性と同様、国家単位の時代に国家が持てず、手に握った確かな物だけを当てにして生きてきたところから生じる知恵であろう。

「しかし、キリスト教徒と結婚するとして、男の子はユダヤ教の洗礼を受けるだろうか」

「受けさせるのよ」

「亭主が嫌だといったら」

「がんばるわよ、必死に。それがあたしたちの核ですもの」

「それでも話がまとまらなかったら」

「別れるしかないわね、子供を抱いて」

「もし、アンの子がうまれたら、トシはユダヤの洗礼を受けさせるだろうか」

「するでしょう。当然」

半分日本人、半分ユダヤ人という血のアンにやや残酷であったが、私は話を切りだしてみた。

「ひとつききたいが、ユダヤ人は風土のちがう異国で暮すうえでの生理的な苦痛をどう処理するのかな」

「苦痛——？」

「うん。俺はこうやって旅してるが、つくづく、どこだろうと国外には住みつけない。日本じゃなけりゃ駄目だ」

「日本が、そんなにいいの」

「それもあるが、それよりも、俺が外国に住みつくためには日本人としての主体性を捨てなければならない。それで西欧なりなんなりの規範に沿うために体質を訓練し直す。それまでが苦痛だし、その苦痛は欲しないね」

「そうかしら、日本の西欧化ったらひどいし、師匠だって日本人はなんでもかんでも呑みこんじゃうっていったじゃない」

「いったさ。日本の西欧化ってのは西欧人が思うだけのことで、日本の土着性が西欧を咀嚼《そしゃく》して西欧式日本にしてるだけなんだよ。日本人はビルに住み、トンカツやラーメンを喰い、ゴルフや麻雀《マージャン》をしてたって、丁髷《ちょんまげ》をつけてた頃とたいして変ってないんだ」

「軽薄に見えるけど」

「したたかな軽薄だな」

「たしかにインドや中国は西欧が入ってきても地肌が頑固に見えるけど、日本は――」

「見えないだろ。日本人の主体性は規範じゃなくて心なんだ。千変万化する個人の心。心を納得させる、というよりバランスといった方がいいかな。いつもバランスをとる。天皇陛下万歳といって死ぬだろ。あれは天皇の問題じゃなくて、戦死という納得しがたいものを少しでもバランスをとる、その工夫なんだ。戦争に負けるだろ、昨日と打ってかわって占領軍に従順になる。鬼畜米英もマッカーサー万歳もどっちでもいいんだ。バランスさえとれればね。だから日本人は敗戦という事実さえ、ラーメンのように呑みこんじまうんだ」

「そのかわり、ぎりぎりの決着はつけないわね。いいかげんで、あいまいで、理解できない」

「そう、決着はつけない。そんなことをしたら日本人にはこの世の終りなんだよ。ユダヤ人がユダヤ教の神を軽々しくいじくらないだろう。それと同じ場所に日本人の心というやつが位置してるんだ。自分の心をあばいてもしそこに不都合があれば後がない。だからバランスに気を配り、大切にしていじくらない。さてそういう厄介な心を持った俺が、ちがう風土に心を馴染《なじ》ませようというのは大変なんだよ。日本人移民が異国に馴染むのは、その主体性が消えたときなんだろうけどね」

「ユダヤ人は、移民じゃないのよ」

「ああ、なるほど」

「移民ならいいのよ。先住社会に同化しようと思っていくわけだし、駄目なら本国へ帰るって手もあるわ。ユダヤ人はそこを本拠にするために移住するのよ。苦痛もへちまもないわ。だから先住者にとっては怖いでしょ。方々の国で先住社会対ユダヤ人の内部葛藤《かっとう》がおきる。先住社会から見ると危険人物でしょうね」

「なるほど」

「本拠にするのでもあるけれど、又同時に、そこと心中するわけでもないのね。ダディや息子たちはよくいってるわよ。イギリスはもう見限ろうって。いい国があれば本拠にする気でどこにでもいくわ」

「強い人たちだな」

「でも、アンは、うしろぐらいの。うしろぐらいことがたくさんあるわ」

「どんなこと？」

「たとえば日本の家に行って、靴を脱げ、っていわれたときに、咄嗟《とっさ》に立腹するの。ああここは西欧じゃないって、すぐに思うけれど、そうするとアンの中の日本の血に対してすまなく思うの。そういいながら、日本でわりに抵抗なく暮しているときに、西欧の血に対してうしろぐらいわ。ユダヤ人としてもうしろぐらいし」

「そういうアンはすばらしいよ。光り輝いてる」

会話がポツンととぎれたとき、私はふと思いついて訊《たず》ねた。

「ダディは、戦争に行ったの」

「行かなかったの」

「何故——ユダヤ系も戦ったろ」

「気がつかなかったの。ダディは右足が悪いのよ。びっこをひいてたでしょ」

「ああ、そうか。そういえばね」

イギリスを去る前の晩、私たちはマミイやデイヴィッドと一緒に、郊外にドッグレースを見に出かけた。ダディがワゴンで、遠い距離を運んでくれる。

イギリスの冬の夜は凍りつくようで、レースもスタンドもただ寒々しくわびしいばかりだった。貧寒とした人々の中で穴場をさまよっているのも私個人としては一興だったが、犬券は当らないし、マミイの機嫌が悪くなってもまずいので、早々に引きあげて、滞在中のお返しに私が晩餐《ばんさん》を供することを申し出た。

「中華料理《チャイニーズ》がいい」とデイヴィッド。

「ようし、行こう」

下町地区のソーホーの中華街に行った。

蟹《かに》の殻をつぶす器具を、デイヴィッドが早速ポケットにくすねた。マミイも老酒《ラオチユー》を呑んだ。

マミイははじめちょっとはにかんでいたようだったが、一隅の卓で合唱がはじまると、小さい声で自分も唄った。そうして高笑いした。

「マミイは楽しいのよ」とアンがいった。「こんな自由ははじめてでしょうよ。結婚以来」

「こんな自由だって？」

「三年に一度スペインに行くだけだったのよ。ダンスに行ったりお酒呑んだりは、ダディがいつもうちの店へ連れてっちゃうのよ。お金がかからないから」

「カジノへ行くだろう」

「カジノのレストランが安いからよ。チップのお金をダディに貰って、勝つと元金を返すの。ほんのわずかよ。マミイが自由になるのは食費だけね。あとは靴下一足だって、ダディと一緒に行って買って貰うのよ」

「ユダヤ人の家庭は皆そうかい」

「そう。アングロサクソンだって大差ないわね」

マミイはそのあとでこんなことをしゃべった。

「ダディとはじめて会ったときにね、海岸の砂浜で、あの人が寝転がってるのよ。それで私も寝そべって、夕方まで話しこんじゃったの。私の親たちに怒られてね。でも、いい人だって思いこんじゃったものだから――」

マミイは自分で笑い転げてなかなか後が話せなかった。

「びっこだなんて、気がつかなかった。あとでそう知っても、もうそのときはね」

「今だって――」と私はいった。「いい御主人じゃないですか」

「あの人が居なかったら生きられないわ」

マミイはまだ笑いながらそういった。

私はまたアンに通訳を所望してデイヴィッドにいった。

「君のご両親はすばらしいね。うらやましいよ」

デイヴィッドははにかんだ笑顔になって、

「でも、僕はダディのようにはなりたくない」

「どうして」

「ダディもマミイも、変っていすぎる」

「そうかな」

「僕は普通っぽい人間になりたい。変ってるってのは、不幸だったからだと思うよ」

「なるほど――」

私たちが日本に帰ってしばらくして、マミイからアンの許《もと》へ、女物のTシャツが三着送られてきた。例の二十着五ポンドであるが、そんなことはどうでもよろしい。そのうちの一着は、元カミさんで現カミさんの私の同居人が貰って、部屋着として重宝している。

太平洋の坐りダンス

太平洋に、島がいくつあるかな。

どうしても知りたいというほどではないが、談たまたまそこに至って、私たちはあらためて地図を見てみた。

ミセス・アンは地図を見るのが好きだから、私たちの仕事場には大きな世界地図が貼《は》ってある。

太平洋というやつの境い目のあたりがちょっとあいまいなところもあるけれど、さしあたり、諸島とか群島とかを一単位として算《かぞ》えてみて、四十あまり。一つの群島を七個平均として、約三百か。

「日本列島もいれたでしょ」

「忘れた——」

「駄目じゃないの」

「じゃア、セレベスやニューギニアもいれるのか」

「島だわ」

「アメリカ大陸は大陸だろう。だが、島の大きい奴だということもできる」

「島とはいいません。英語では」

「どこまでが島かね。島とはなんぞや」

「日本は島よ。外国人は皆、北海道島、九州島、四国島、地図でそう読んでいるわ」

「日本人も島国だとは思っているが、ただこの頃は、列島というよりひとまとめにしてひとつの島という実感もあるようだね。海底トンネルや橋でつながっているから」

「江の島も橋でつながってるわね。――前に学生で日本に来ていた頃、鎌倉に住んでいたのよ。江の島って、馬鹿にしてると思った。あんな箱庭みたいなもの、外国じゃ島とは呼ばない」

「江の島は、島じゃないか」

「あれは、岩《ロック》よ。江の岩というべきだわね。島《アイランド》のアイルは平和なとか優しいとか、ランドは土地でしょ。平和な土地、優しい土地、――だから休息地、保養地というふうにも使うくらいよ。四方を海でかこまれていて、山地と平野部が小さくともあって、ちょっと心細いような気がするけれども、住んでいる人が一生そこに居ようと思えば居られるようなところ、それが島だわ」

「なるほど、アンのその定義は、肉声がこめられていて面白いね」

アンはマウイ島の生れで、十五歳までそこで育った。アンのお母さんは、南太平洋の中央ポリネシア諸島の生れである。こう記すと文化果つるところの原住民に近い印象を呈するかもしれないが、統治する欧米各国の海軍の基地があり、それにともなって移住する民間人も居たのである。

だから、島ということに関して、アンは、他の人よりもずっと、ひりひりした感度を持っているのだろうと思う。

〽丈余《じようよ》のろかい操りて
　行手さだめぬ浪まくら
　百尋千尋《ももひろちひろ》海の底
　　遊びなれたる庭広し

アイランドが、平和な土地、優しい土地、ということだとすると、たった今現在、それを日本周辺に求めれば、サイパンこそその島ではないかと思える。

明日明後日までその優しさが保たれるかどうかわからない。しかし、今日、サイパンは夢の島である。

この島には人混みというものがない。ネオンがない。だいいち町がない。海岸通りにホテルが四五軒。あとは樹々の間にぽつりぽつり民家があるだけ。タクシーが、島全体で、四五台ほどだろうか。日本製のメーター器がついているのがあって、メーターで走るのは俺の車だけだ、と運転手が自慢した。

そのかわりあるものは、白い砂と青い海、大きな太陽と南十字星、透明な空気、いささかCMめくが、なにしろ金を使うところがないのだから、どうしても閑日月にならざるをえない。

私はかねがね、日本内地では四国の東南端の海岸を夢の場所だと思っていた。徳島市から南にのびる汽車が途中でなくなって、あとはバスが室戸岬まで湾曲しつつ伸びる海岸線を走るのであるが、そのあたりのどこでもよろしい、見渡すかぎり人ッ子一人居ない浜辺に立つと、あこんな別天地があったのかと思う。

ただし、東京からは、行くのが少々面倒くさい。

サイパンは、途中に成田空港という天下の険があるが、飛びたってしまえば直行三時間である。

今年（一九七八年）の元旦からアメリカの属領北マリアナ連邦として発足したが、昨年までは国連の信託統治下にあり、そのため土地も売れず、外国人の入植もできなかった。これが静《せい》謐《ひつ》を保つうえに非常によかったと思う。

ひとくちに、グアム、サイパンというけれど、この点でグアムとサイパンはまったくちがうのである。グアムは観光地として発展はしたが、俗悪になり、風紀もわるくなった。

サイパンは、夢の島ではあるけれど、また地獄の島でもある。

三十数年ほど前、大戦争があって、お若い人たちには歴史的事実というだけのことになってしまっているようだが、私などはその渦中で成人したので、なににつけその大戦争を軸にものを見るくせがいまだに抜けない。

中国でも、太平洋でも、東南アジアでも、至るところで勝ち戦と見えていたのが、次第に旗色がわるくなってきて、北方のアッツ島が玉砕したと知らされた。玉砕とは、玉と砕ける、単に負けて退くのではなく、背水の陣で砕け散るまで戦うことであり、皇軍とはそうしたものだと教えられた。

だから、状況が煮つまって敵が本土へ上陸してきた場合、私たちもそのルールで戦わねばならない。その当時、玉砕の経緯を耳にするたびに、そっくり自分のこととして沈痛に受けとり、近い将来のその日を空想した。

サイパンが玉砕したときは、この島には民間人もたくさん居たこともあって、砕け散っていくまでの哀話は一層私たちの心を打った。

それもあったけれど、別の意味でも私たちはがっくりきたのである。サイパンが敵の手にわたり、基地になると、当時の爆撃機の航続距離の枠《わく》内に、本土が入るのである。

それまでは、空母から飛びたったらしい一二機が、稀《まれ》に、現われるくらいだった。

さア、来るぞ、と誰もがいった。もういかん、これで負けだ、という者もいた。サイパン玉砕を知った朝、校庭に張りつめた沈痛な空気を今でもありありと思いだすことができる。

米軍はサイパンを手中にすると、飛行場をつくるひまを惜しんで、平地に鉄板を敷きつめたという。

そうして、やってきた。東京が、日本が、焦土になったのもこれがきっかけであった。ちなみに、原子爆弾を積んだ飛行機もここから飛びたっている。

サイパンの攻防戦で、日本の兵士と民間人の戦死者、約三万人。米軍の戦死者一万六千人。そうして、忘れてはいけないことがある。現地民のチャモロ族の人たちが、たくさん死んだ。その数をきいても、答えない。

米軍の戦死者は、軍の手で、手早く片づけられ、本国へ送還された。日本人とチャモロの人たちの死体は、残った現地の人々が、能《あた》うかぎりとりまとめて焼いた。けれども、戦いは砂浜の水際作戦にはじまって次第に山地に追いこんでいったので、密林の中に今もなお遺体が残っている。

戦争時のチャモロ族の人口、九万人。現在の人口、一万九千人。

ひと頃、ここは虫も鳴かない島であった。烈しい鉄砲火で何もかもこわされ、砂糖黍《さとうきび》畑も管理する人間を失った。その跡の裸地に、米軍が、タガンタガンという灌木《かんぼく》を植えた。今、その木は全島を覆っている。そうして豆の実をつける季節に風が吹くと、莢《さや》が揺すられてタガンタガンと鳴るのだという。

サイパンは夢の島。

けれども、その人影のなさ、静謐《せいひつ》さには、以上のような経緯がかくされている。

「昔はよかったんだよ、ここはマリアナ一の町でね。グアムなんかよりずっとにぎやかだった」

とペドロはいう。ペドロ・P・デュエナス、彼は容貌魁偉《かいい》なチャモロ族のおじさんだが、島内の観光業一般（観光バスからタクシー、遊覧船、それにCM写真の世話に至るまで）を手広く営むやり手で、娘さんを日本の大学にやり、日本人の婿をとっている。どういうわけか私たちと気が合って、自分のライトバンを駆り、島に居る間べったりとつきあってくれた。

「なにしろ、砂糖黍を運ぶ鉄道まで走ってたくらいだからね。スペインやドイツの統治の頃はなんにもなかった。日本人はいろんなことをしてくれたよ。学校もできたし、産業もできて、ぼくたち、みんな、豊かになった」

「——島の人、日本人と仲良くなった。ぼくたち、日本と一緒に戦う気だったよ。日本、強かったからねえ。ぼくたち、カミカゼ、信じてた。でも、アメリカ、もっと強かった。びっくりしたね。あッというまに、砲弾で、なんにもなくなっちゃった——」

ペドロは私と同じ年齢である。あのとき、グアムの中学に行っていた。それで偶然生き残ったのだ。

当時の米軍の上陸作戦は、とにかく物量にものをいわせて地形がかわるほどの大量の砲火を浴びせ、それを先導にしてじりじり押し進む。米軍も、妙に意固地な日本軍の頑強さを知っており、だから必死で、民間人、現地民の区別をいっておれない。互いに天下わけめを意識していたが、兵隊も非戦闘員も誰が誰やら一緒くたになり、次第に山地へ追いまくられ、とうとう島の北端の絶壁ぎわに追いつめられた。

世にいわれるバンザイ岬の悲劇で、自決する者、崖《がけ》から身をおどらせて投身する婦女子があとをたたず、その凄惨《せいさん》さをここに軽々しく記述する気になれない。この下の海には鱶《ふか》が居るから——とペドロがぽつりといった。彼はまた少ししてから、でも、この高さじゃ、途中で皆、気絶してしまうからね——。

私たちは崖の上で言葉もなく立ちつくしていた。もう少しあとで、同じルールで戦うはずであった私は、三十年も生き永らえている。そうして時間がたってみると、どんな死も、一様に、無意味に思われてくるところが酷《むご》い。

「アメリカは鬼だ、捕まったら面の皮を剝《は》がれ、鼻や耳を削《そ》がれて殺される。日本人はそういった——」

ペドロが、この一瞬、終始私たちに見せていた親しみをかなぐり捨ててこういった。

「だから、島の人もたくさん飛びこんだよ、戦争が終ってから、サイパンの人、皆怒った、日本人は嘘つきだった——」

ペドロはいい捨てて、車の方にスタスタと去った。

私は、当時赤ン坊でアメリカ国籍だったアンに、気弱くいった。

「そのとおりだ。けれども日本人もそう教えこまれていたんだよ」

アンは納得のいかぬ表情をしていた。

「投身すれば、死、だけでしょう。たとえ鬼だと信じていても、投降すれば、それ以外の可能性もあるわね」

「砲弾霰雨《さんう》、追いつめられて半狂乱の最中だ」

「そうね。それにしても、私なら——」

「鬼畜米英という戦時標語に左右されただけではないよ。この人たちがアンのような考えを実行しなかった一番大きな理由は、掟《おきて》の重たさだろうね」

「掟——」

「捕虜になってたとえ生き残っても、永久に、日本の社会に復帰できないんだ。この人たちはそう思っただろう。復帰もできないし、掟を破った自身の苦痛は一生つきまとう。そうなら、ひと思いに死ぬしかない」

「掟って、ルールということ?」

「似てるが、少しちがう。たとえば、どこでも牛肉を百グラム三百円で売っている。では牛肉とは大体三百円前後で売るものだ。本当の値打ちを探って、何円で売るのが正当かという問題は、多くの売り主にとってそう重要なことではない。かりに二百円で売る男がいたら、自分勝手な、乃至《ないし》は仲間に対する敵対行為として、仲間はずれにされるか迫害される。三百円で売っているかぎり、眼には見えないし、日常の中で血肉化された常識になっているが、実はもっとも人を拘束している。それが掟さ。法律が不都合なら変えようという運動がおこる。理くつの持っている説得力もたかが知れている。だが掟は、ある意味で安全保証にもなっているので、とことんまで来ないとその不都合がわかりにくい。我々も、今でも、その掟にたっぷりと拘束されているよ」

成田を飛びたった飛行機の中で、アンの座席の両隣は、坊さんだった。遺骨収集団である。収集の人々は足固めをし、軽装だが袖の長いシャツを着ていて、レジャー客とは一見してちがう。

着いた日、すぐに浜辺に身体《からだ》を焼きに行ったアンが、隣の寝椅子の老紳士と話しこんでいた。彼女は、半分取材意識もあって、我々の旅ではいつも非常に人なつこい。

まっ黒に陽焼けした半裸体だし、サングラスはかけてるし、国籍不明に見えたが、老紳士の言葉は日本語だった。但し、カナダ生れ。

「元情報将校ですって――」

戦争前夜、交換船で日本に帰り、応召を受け、中野学校に入った由。

「マリアナ海域の暗号解読をしとったのです。――文章を書く方だそうですが（アンの説明であろう）、うらやましいですな。私も、自分のこれまでのことを綴ってみたい」

「そうなさったらいいです。べつにむずかしいことはありません」

「そうもいきませんな。根気がない。――こうやって海を眺めているのが一番いい。あの頃のいろいろなことが眼の前に浮びます」

私は老紳士の懐古談をききながら、半分うとうとしていた。彼は、アメリカと日本のはざまの中でしぶとく生き残り、戦後九州ではじめた商売を息子たちにゆだねて、ときどきこうして国の外に出てきてしまうのだという。

「私は、カナダと日本と、国籍を二つ持っているものですから、なにかと都合がいいところもあるんですよ。鳥でもなければ獣でもない、ですかな。ハハハ。旅行者のパスポートじゃありませんから、何年ここに居ようと平気です」

グアムに居て、サイパンに移った。もうここに九カ月も居るという。ここで一人で、果ててもいい、と彼はいった。

老紳士が立ち去ると、アンがいった。

「日本の周辺部みたいなところで、ああいう人に、ときどき会うのよ」

「戦争の残映、かな」

海は緑がかった浅瀬と紺碧《こんぺき》の沖合いと二色にわかれ、あくまで平らで、浪の音ひとつしない。暑いが、空気の層がひたひたと移動していくほどのかすかな季節風がたえまなくきている。ぽっかり穴があいたような静止した時間。

「――ショウ」

アンはこの頃、私をこんなふうに呼ぶ。師匠のショウであるか。

「ゆっくりお休みなさいな。ここはショウの身体にもきっといいわ。休暇をとったつもりで、ずっと寝ていたら」

私は苦笑した。アンは、小いそがしくしている近頃の私しか知らないから、勘ちがいしている。四十年以上も私は働かず、自分の勝手なことばかりやってすごしてきた。楽しいとのみはいえないが、すくなくとも、無駄、という輝かしい内容に包まれていた。

もう今は、体力がその無駄を維持しきれない。

「俺が怠けてた時期をアンに見せたかったよ。アンはきっと俺にほれたろうな。でも、もう俺の人生は終ったんだ。今は、死ぬ準備」

「そう、いつ死ぬの」

「いつかわからんが、もう楽しいことはない。健康のことなんかナンセンスさ。どうせ、働けば、身体に悪い」

「――」

「一番健康的な死にかたは、餓死だろうな。だが誰もそうしない。どうしてか、俺もだ。昆《こん》虫《ちゅう》が変貌《へんぼう》するようにガサガサ動きまわる」

「東洋人はわからないわ」といってアンは笑った。「へんなことを考えて、自分でのめりこんでしまうんだから」

「東洋人は規範を軸にしないからな」

夜はホテルのディスコに行った。そこしか行くところがなかったからだ。アンは珍しく、ウオッカをココナッツの汁で割った〝チチ〟という乳色の酒を呑んだ。

それにしても、浜辺にも、食堂にも、ディスコにも、日本人がほとんど居ない。成田空港の不安感のせいで観光客が減っていることもあるだろうが、目立つのはアメリカ人ばかり。

飛行機で、日本まで三時間。

ハワイまでは八時間もかかる。アメリカ本土はさらに遠い。

「彼等はどこからやってくるんだろう」

「フィリピンやニューギニアは意外に近いけど」

「南からなら、わざわざ来る意味がない」

「そうね」

あとでペドロにきくと、自分の息子が、弟が、戦死した土地を一度見たいといって来る人が多いとか。のんびりしているように見えても、遺骨収集団と一脈通じあっているところが面白い。

ピアノ、ギター三挺《ちょう》、ドラムス、という編成のゴーゴーバンドが演奏し、アメリカ人、フィリピン、中国人、チャモロ族、さまざまな人たちが踊っている。私は踊れないから椅子にへばりついているだけで、アンはきっと物足りないだろう。ばくち以外なんにもできない奴だと思っているかもしれない。

アメリカ人の老夫婦が、ゴーゴーのリズムだけれど、身体を組みあわせてフォックストロットのステップを踏んでいる。生硬な、融通の利かない感じのステップで、うまくはないけれど、なんとなく眼が放せない。

「あのご夫婦、感じ、出ているわね」

「ああ、いいね」

その老夫婦とは、食堂で、隣の卓だった。ご亭主が声高に、ボーイに何かいっている。アンが笑いだして、こっそり私に通訳してくれた。

ジンフィズを頼んだら、こりゃ、こんな大きなグラスにジンのストレートをなみなみとつい
できちまったじゃないか、こんなものを呑まして、うちのカミさんをぐにゃぐにゃにさせて、
どうしようってんだ。

チャモロのボーイは半分わかったような表情で、だまってとりさげていった。

が、待っていてもジンフィズは来ない。

で、ワインのローゼを頼みなおした。すると、赤ワインが届いたのである。

君、これはレッドだ。わし等はローゼを頼んだんだが。

これがローゼです。とボーイ。

ローゼだって、ローゼってのはもっと透きとおっていてね、冷えてるんだよ。これは冷えて
ないだろう。レッドなんだ。

ボーイは、今度は冷えた赤ワインを持ってきた。

うーん、と旦那が唸《うな》った。

英語があまり通じないんだから——と妻君が遠慮がちにいう。そうズケズケいわないでくだ
さいよ。あたしがはずかしいから。

ステーキを持ってきてくれ、レアだ。

と旦那はもはやからかい半分で、ボーイの方も不機嫌にそっぽを向いている。

だがね、いいかね、レアというのは、まんなかが赤くて、血がしたたるような奴だ。まちがっても黒こげにしちゃっちゃいけないぜ——。

そんなひと騒ぎがあったあとのダンスなのである。

あの夫婦も、誰か戦死者の身内を抱えているのだろうか、と思いながら私は眺めていた。アンはアンで、もっと女っぽい思いに浸っていたらしい。

「あの奥さん、一生、ダンスっていうとあんなふうに、ご主人の硬いリードで踊らなきゃならないのねえ」

アンはクスクスと笑った。そしてすぐにいいたした。

「でも、うらやましいわ。すばらしいご夫婦だわ」

バンドの連中も似たような印象を抱いたらしい。不意に、古いコンチネンタルタンゴを演奏しはじめた。ゴーゴーを踊っていた人たちが自席に帰り、老夫婦だけが残って暗いフロアで静かにステップをふんでいた。長年月の厚みがたしかにそこにあり、それを二人でひっそりと味わいなおしているように見えた。

曲が終ると私たちは老夫婦に拍手し、老夫婦はその位置でバンドに向けて拍手していた。

曲がまたゴーゴーのリズムに戻った。大勢の人たちが出てきて踊ったが、その中に、一組の黒人男女が居た。

「ホラ、見てごらんなさいよ――」とアンがいった。「ほかの連中はみんな芋ダンスよ。でもあの黒人、アン、ああいうのみると血が騒いじゃう」

「ああ、いいね、特に男の方、顔もいい、マイルス・デヴィスみたいだ」

「わかる、あのコンビだけよ、オフビートで踊ってるのは。やっぱり黒の血ねえ、さりげなくリズムが出てくるんですものねえ」

音楽好きの方には説明するまでもなかろうが、オフビートとは、曲が持っているリズムに素直にのらずに、アドリブ的に自分でもうひとつのリズムを造りだしていくことである。

アンにいわせると、世界じゅうで一番リズム音痴なのは、アングロサクソンと日本人なのだそうである。

「アメリカ人も駄目だけれどもね」

「中国人は――?」

「――論外ね、踊れる人が居るのかって感じ。もちろん一般論よ」

「アングロサクソンが駄目なら、ゲルマンも駄目か」

「ゲルマンはねえ、もともとオフビートは駄目だと思っているところがあって、黒人なんか踊ってると恥じて出てこないのよ。アングロサクソンは気づかずに露呈するの。だから駄目。ゲルマンは自己顕示度はすくないけど、コンペかなんかあったらアングロサクソンと駄目な方の二三位を争そうでしょうね」

「最下位は日本人か」

「日本には独特の間《ま》のリズムみたいなものがあるでしょ。窮極では動かなくなっちゃうみたいな。そういう独特のリズムの濃いところは、それなりのオンリズムになってしまうのね」

「フランス人は――？」

「わりにいい方かしら。ラテンでもイタリーよりいいわね」

「どうしてだろう」

「図々しいからじゃないかしら。とにかくしゃしゃり出てくるし」

「露呈して駄目なのもいるじゃないか」

「フランス人はヨーロッパの中では混血が多いでしょ。混血だからいいとも限らないけれど、やっぱり摩擦も多いし、――自己顕示度の多い白の中ではいいのね」

「ロシア人は――？」

「フィールドアスレチックみたいなものね。体操か曲芸みたいなものだけど、正確にオンリズム。オーストリーダンスなんかも、組になって整然と踊るわけでしょ。バレエだってそうで、そういうフォーメーションプレイだったら、逆に黒人なんか最低でしょ」

「そういえば、アングロサクソンもバレエはさかんだな」

「スペインのフラメンコなんか、津軽三味線みたいに速いリズムもあったりするけど、踊り手はちゃんとのってくるわね。自由自在のようでいて、あれは結局修練で、オンリズムでしょう」

「修練は、ある程度なにだって必要じゃないのかね」

「ちがうわよ。黒人のは修練なんかじゃない。生得のものよ。今度、黒人が歩いてるの見てごらんなさいよ。たいがいリズムをつくって踊るように歩いてるわよ」

皆、それぞれのフォームで踊っている。昔の社交ダンスとちがって、一人ずつの踊りになってしまっているから、一定のフォームに縛られることがない。だから男も女も、それぞれリズムを自分流に消化しようと努めている。

なるほど、アメリカの若者たちは、与えられた曲のリズムをなんとか身体の動きで表現しようとしている。フィリピン人はそれ以上によく動き、上手そうに見えるが、いずれもオンリズムだ。リズムに自分をはめこんでいるだけだ。

「ホラ、黒人はあまり動かないでしょ。足はあんまり動かさない。肩と背筋で主に、リズムとメロディーを造っていく」

「そもそも、リズムとは何かね」

「心臓の音よ。タッタッタッタッ、動悸《どうき》を打つでしょ。このリズムにひきずられてしまうか、それともそれを超えたリズムを産めるか、それがセンスだわね」

「センスか――」

「タッタッタッタッ、これ四拍子でしょ。三回くり返すと12。タッタッタッ、三拍子を四回くり返すとやはり12。ちがうリズムでひとつの曲にのっていけるわけでしょ。簡単にいえば、これ、オフビートよ」

「下半身はいらないか」

「そりゃア足の動きがあった方がヴァリエーションに富むけれど。でも黒人たちは、ほとんどお腹から上を主にして踊るわね。逆に白人は足運びでリズムをとろうとするわ」

サイパンのマイルス・デヴィスはあいかわらず生のままのような動きをしている。相手の黒人女性も、ほとんど動きを示さないようでいて、パートナーの動きからはずれていない。マイルスの表情は風呂に入った赤ン坊のようだ。

「よし、教えておくれ」

「あら、おぼえるの」

「坐ったままでいいんだろう。どうせ下半身はいらないんだ」

アンは笑いだした。

「タッタッタッタッ、これ四拍子。それを二拍子でやってみましょうか。二拍子で上半身を右に曲げてごらんなさい。肩先を右に傾斜させる感じで」

私は、がくっ、がくっ、と身体を曲げた。

「今度は逆に、左へ二拍子で」

アンと向いあって、右に左に身体を揺する。なんのことはない、落語の船徳で、揺れる舟の中で火箱をとりあっている図である。

「駄目よ、リズムを正確に二拍子で。心臓の動きに合わせるのよ」

「動悸なんてきこえない」

「ズボン、ズボン、ファスナーが落ちてる」

「簡単だな」

「これがリズムよ。さ、それにメロディーをつけて」

「メロディーはどうやってつける」

「お好きなようにどうぞ。音楽が鳴ってるんだから。背骨をぐりぐりっと廻してもいいし、腕の動きでアクセントをつけてもいい。肩先をひねるとか、頭でバランスをとるとか、何かできるでしょ」

私はいろんなことを試みた。しかしアンは笑うばかりだ。

「疲れたの」

「いいや――」

「踊ってるの、それでも」

「明日までに覚える。明日の晩踊ろう」

「心のままにやらないから駄目よ。ショウのははずかしがってるんだもの」

「俺は地唄舞《じうたまい》でいく。オフビートだ」

「音楽にのらなくちゃね。音楽は材料、それに自分の生地をぶつけて料理するの。向う側に音楽、こっち側に自分――」

一日じゅう降りつづけるわけではないが、私が来てから連日、降ったりやんだりしている。今は雨期ではないのだが、ずっと以前のニースやスイスのときのように、私が雨男《レイニーマン》の本領を発揮しているらしい。

それも、ホテルの周辺だけ、樽《たる》の底を抜いたように降る。そうして大きな虹《にじ》を造り、だからやむかと思うとよけいいきおいづいて降りそそぐ。

「サイパンの雨、怖いよォ、日本の雨みたいに細くない。当ると痛いよ」

ペドロは何につけ、怖いよォ、というのが口癖だ。

「でも大丈夫。この車、大きいから。こわれない」

「そりゃそうだ、雨だもの」

「地震ねえ、サイパンないからいいねえ。あれ怖い。横浜のホテルで夜寝てたら、揺れた。パンツ一枚で、ぼく、飛びだした」

「部屋をかい」

「ノウ、部屋じゃない。フロントの人、びっくりしてた」

「フロントまで行っちゃったのか」

「ノウ、フロントの人、大丈夫だから早く戻ってくれといった、でもぼく怖くてねえ、往来から動けなかった——」

容貌魁偉の中年男がパンツ一枚で往来まで飛びだしちゃった図はおかしいが、怖がらない我々が偉いというわけでもない。

成田も怖いから、商売《ビジネス》の用事があるのだけれど当分日本にはいかないという。——事故でもあったらつまらないよ、せっかく戦争で生き残ったのに。

我々が夫婦でもなんでもなくて、友人のような相棒のような組合せだときいて、

「ふうん、——あんた、ハズバンド居るの」

「居るわよ」

「信じられないねえ。ぼくならとても駄目だ」

「なにが？」

「いろォんな意味で！」

私が車に乗るたびにすぐに眠ってしまうので、ペドロがキャッキャッと喜ぶらしい。喜ぶついでに、アンに向って、ぼくとデートしてくれたら、日本に帰るまでどんなサービスでもするんだが、といったという。

篠《しの》つく雨の中を、アメリカ人の女性が一人、濡れねずみで歩いている。周辺はタガンタガンの林ばかり。

「夫婦喧嘩《げんか》でもしたんだな――」とペドロ。

「女の人はカッとなるとあとさき考えないからねえ」

「ペドロさんの奥さんもそうなの」

「ぼくのワイフは頭いい。馬鹿な女は嫌いさ。紹介するよ。今夜家にいらっしゃい」

「娘さんが日本の国立大学ですものね、頭いいわ、ママに似たのね」

「ノウ――、ぼくに似ました」

「ところで、この島に、ばくち、ないの」

「ばくち？」

「ギャンブル」

「おう、軍鶏《しゃも》を試合させる。でも、今、シーズンじゃないだろ。ぼく、ギャンブルやらないけど」

実をいうと、私は一人の知人をなんとなく探していた。日本でカメラマンをやっていた人で、形勢利あらず、グアムへ来て、観光客の写真をとったりガイドをしたりしていたというが、グアムでも多分橋頭堡《きょうとうほ》をつくれなかったのであろう。昨年あたりの風の噂《うわさ》によると、サイパンに移動したという。

しかしこの島にも見当らない。島内の消息ならすべてくわしいペドロが、名前をきいて、にべもなく、

「その人、居ない。どこかへ行っちゃった」

なかなかユニークで、悪い人物ではないのだが、サービス精神が横溢《おういつ》しすぎて人にうるさがられるところがある。そういう人物が、日本周辺部でいかようにして喰いしのいでいるか、それをレポートしようと思って来たのだが、あきらめるよりしかたがない。

彼はおらず、ギャンブルもない。では、砂浜に寝ころんで成行きにまかせているよりほかはないが、保養にきたのではないから、うっとりと風光をたのしんでもいられない。

大型ヨットがついて五六人の若い男たちが砂浜にあがってくる。

「ハァイ、どっから来たの」とアン。

テニアンからだという。テニアンに五十日近く居て、あきたから引越してきたという。

「何をしてる人たちだろう。金持かな」

「学生でしょう」

「五十日だって、俺は三日で身をもてあましてるが」

「クリフ——!」

アンが手をあげる。裸の若い男が二人走ってくる。ディスコのギター弾きでクリフ・ウォーレン。もう一人はドラムスのピエール。アンはいつのまにか誰とでもつながりをつけてしまう。アンたちの英語の会話をだまってきいている。ジャズ、という言葉がさかんに出るので、顔をあげると、アンがそれと察して、

「見そこなってくれるなって。自分もジャズをやっていたんだって。今は契約でこんなバンドに居るけれど、十一月に東京へ行くそうよ」

ギターのクリフは、カリフォルニアの生れで、アート・ペッパーのバンドに居たのだといった。麻薬《ナーコ》で有名だったアルトサックスである。

ドラムスのピエールはシシリー生れでジャズメンではないが、なんと日本のジョージ大塚にジャズドラムを習ったことがあるという。

「カリフォルニアだったら、バーニー・ケッセルを知ってる？」

「もちろん――！」

「あたしの前の亭主だったのよ」

「バーニー・ケッセル！」

クリフは飛びあがった。若いジャズギタリストにとっては、バーニーは神様の一人であろう。

「ぼくはバーニーのギター学院で習ってたんだ！」

「ほんと、そういえば、昨夜、きいてて、バーニーのフレーズに似てるなアと思ったときがあったわ。貴方《あなた》、あのバンドで一人だけジャズっぽく崩してやってたもの」

「リーダーに呼ばれて一カ月だけって約束で、それから東京にまわるつもりで寄ったら、六カ月も居ることになっちゃったんだよ。こんなところにねえ」

「いいじゃないの、遊ぶところがなくて、ギャラ、そっくり残るでしょう」

「バーニー・ケッセル、なつかしいなア。バーニーはすばらしいプレイヤーだが、教師としてはあまり適任じゃなかったなア」

「そう、そう、そのとおりよ」

「それで他《ほか》の研究所に移ろうと思って、やめるっていったら、半端の日数分の授業料を払えっていわれて、日割りで払わされた。それ以来、会ってないよ」

その晩、ディスコで、クリフは私たちにきかせようとするかのごとく、ことさらジャズ的なフレーズを示した。なにしろ、リーダーがフィリピン、それにフランス、シシリー、ハワイという混合チームで、みんなばらばらに好きなことをやっているようなバンドなのである。

その夜は、アメリカの軍艦が入ったとかで、若い兵士たちでディスコも大混雑だった。黒人も大勢来ていて、そこかしこでオフビートとやらをやっている。

「あたし、踊ってくるわ――!」

アンが、気持を押えかねたように、いきなりフロアに飛びだしていって、手近の黒人にからみはじめた。

偉そうなことをいうだけあって、アンのダンスは実に見事だった。黒人が面喰らったようにしていたのも束《つか》の間《ま》で、二匹の蝶のようにもつれあい、はじきあい、切れのいいビートでからみあう。

客たちの拍手がおきた。しかしその拍手にはべつの意味も含まれている。兵隊たちが、自分たちの仲間の幸運をそねんでいるのである。白も黒もパートナーが居らず、男同士で踊っているのである。

アンが上気した顔で戻ってくると、ワンステージ終えたクリフやピエールがテーブルに来る。

「今夜は十一時までだから、終ったら僕の部屋でパーティをやりましょうや。おふたりで来てくださいよ」

ピエールのところに女友だちもきて、席が一段とにぎやかになった。

「僕の部屋にはビールでもなんでも山ほどある。楽しいね、アン」

暗い照明のせいか、アンの瞳《ひとみ》が光ってみえる。

ピエールがおそるおそるのように、クリフにささやいた。

「僕はね、パーティの途中で遠慮してもいいかい。ガールフレンドがね、二人っきりになろうっていうんだ」

彼等がバンドの席に戻り、演奏がはじまると、私の背中のあたりから黒い手が伸びてきた。ハービイ・ハンコックみたいな顔したさっきの兵隊が、おずおずと、私の顔などチラリ眺めながら、アンのそばにすり寄って何かいう。

疲れているから、と多分いったのだろう。黒人はうなずいて立ち去った。

「さっきの兵隊だろう」

「ちがうわよ」

「ちがうのか――」

白人の兵隊も声をかけてくるのがいた。これには、ノウ、とにべもない。

兵隊たちの席では、こちらを遠巻きにして気配を見ているようである。あのそばの男、何かな、ありゃ踊らないが、父親だろうか――。

面白くないことはないが、面白いというほどでもない。アンのご亭主とアンが馬鹿に情感のある表情をしているが、クリフに気があるのかな。

もしそうなら、アンのために、私は邪魔にならぬようにするか。しかしまたアンのご亭主とも友人であり、アン夫妻として考えると傍観は無責任になるようにも思える。

それは私の杞憂《きゆう》にすぎなかったが、座をはずしてロビーのあたりに出てみると、ペドロが私たちを待って、しょぼんと坐っていた。

「どうしたの、ワイフや娘たち、みんな家で待ってる――」

烈しくきこえてくる電気ギターの音を背にして、私はもごもごと下手ないいわけを口にしはじめた。

エジプトの大穴ぼこ

旅行帰りだから、その旅をひけらかすような言動を慎みたいと思うけれども、砂漠というものは、あれはもう本当に、漠たる砂の海で、起承転結なにもないのである。エジプト航空の七〇七で三四時間飛んでも、アラビア半島の砂の海からエジプトの砂の海に移っただけの話で、その間、人家は一軒も見えない。しかもその砂漠はリビアからアルジェリア、モロッコへと続くのだから、こういうところで国境がどうのといってもどうでもいいような気がするが、どうでもよくなりだすとどこまでもどうでもよくなってしまうから、せっかくならば現時点のところで踏んばるほかはないという気分になるのであろう。

地球は人間のために造られたわけでもなんでもないから、海だの山だの砂漠だの、人間が住めないようなところがあって少しも不思議ではないけれど、もう少し全体に平均しないものかと思う。地球をシェーカーに入れて両手で振ると、適当にカクテルされて、アメビアだの、アラリカだのが出てくることになる。

「でも、文明が栄えたあとは必ず砂漠になってしまうんですって。砂漠ってのは、人間が原因なんだそうよ」

とミセス・アンがいった。

「あとのことを考えないで木をみんな伐《き》っちゃうでしょ。すると河が安定しなくなるのよ。雨期に氾濫《はんらん》してどっと土砂を押し流すし、地面に吸われた分は溜《た》まって泉にならずに、地の中の水路をとおってかたよった方に行ってしまうのね。長い年月がたつとそこが砂漠化されるんですって」

「ほんとかね」

「チグリス・ユーフラテスの、種の起源みたいな本で、小さいときに読んだ覚えがあるわ」

「すると、この砂漠も、昔、森だったわけか」

「ピラミッドなんてその証拠よ。石を焼く薪があったわけでしょ。木がなければ薪はできないわ」

「信じられないね」

「アラ、砂漠になってるところは、みんな、大昔、人間の文化が栄えたところよ」

「日本も、そのうち砂漠になりそうだな」

「とにかく、エジプトは、百五十メートル掘っても水が出てこないのね」

地図で眺めると、そもそも紅海というやつが神秘的で、何故《なぜ》あんなにヒステリックに内陸部に切りこんでいるのだろうと質問したくなるが、飛行機がエジプト国内に入ると、あのみはるかす砂漠の中を、ナイル河が幾筋もの分流になって、蒼《あお》い帯を敷いたように流れている。

蒼い帯というのは、その流域を蒼々と植物の色で染めて流れているのである。帯のところ以外は、しらじらの赤茶けた砂がうねっているのみ。

中央アフリカのウガンダにあるヴィクトリア湖に端を発し、スーダンという国を縦貫する白ナイル、エチオピアのアビシニア高原からくる青ナイルと合流して、延々と流れ流れてエジプトにくる。砂漠の砂に吸いこまれて途中で水がなくなっちまいそうなものであるが、どういうわけか、蒼い帯をつくりつつも悠々満々として地中海にそそぎこむ。神秘というほかはない。エジプトはまことに不思議な国で、このナイル河がもし流れていなければ、一瞬だって成立しない国なのである。ナイル河なかりせば、人間はここで生きられない。

どこかで、チョッチョッ、チョイと、指かなんかで河の水を押えて、せきとめてしまったら、もうそれで終りなのである。

同じようなことを考える人がいるらしくて、つい最近も、エジプトが親米的になりすぎるのを牽制《けんせい》するためもあって、ソ連の応援でエチオピアが青ナイルの流れをせきとめてダムをつくり、自国の開発に水を使うという噂《うわさ》がある。現在は青ナイルの水はエジプト領内のアスワンダムにほとんど流しっ放しなのであるが。

これに対して、エジプト人であるホテルの老ドアマンは決然としてこういった。

「その噂がほんとなら、戦争だね」

ソ連だろうとエチオピアだろうと、戦うしかない、俺たちの死活問題だから、と彼はいう。

アラブ人というのは、どの種族もひとしく誇り高いのだそうで、エジプト人もその例に洩れない。もっとも学者にいわせると、古代からの純粋のエジプト人乃至《ないし》カイロ人というものはもう根絶しているという。混血と周辺の遊牧民とその外側の黒人層によって構成されているので、だからこの場合、日本でいう江戸ッ子というような、地のカイロ人が誰なのかよくわからない。

とにかく、地のカイロ人は、そうでない人たちを軽視するのだそうである。インドのようにカースト制はないけれども、周辺部や隣国から流れこんだ人々は下積みに甘んじているだけでなく、血の問題でも軽んじられている。

レストランで、ボーイが色のちがう制服を着ている。註文《ちゆうもん》を、うっかり色のちがう人に頼むと、そのボーイは店の上役に烈しく叱られるのである。註文取りは註文取り、料理を運ぶ者、水だけを持ってくる者、あとかたづけをする者、みな分業である。

エチオピアやスーダンの方から見ると、カイロは近代文明で栄えた都であり、自分たちはその都へ働きに行くと、低級な人間のような扱いを受ける。

しかしながら、そもそもカイロを成立させているナイル河は、自国内を通過しているもので、自分たちが水路をあけてやってそのおかげでカイロが繁栄している。なのに自分たちは差別される。そう思えば腹が立ってくるであろう。

腹を立てたわけでなくとも、自国内の水資源を自分たちのために使おうとするのは当然で、近い将来、エジプトはきっと何等かの影響を受けざるをえないだろう。

「そんなことはない。何千年来、ナイルは我々のものだった」

「今まではそうでも——」と私はいった。「これからはそうはいかないよ。今まではうっかりしていただけなんだから」

「戦争だ。エジプト人は勇気がある。たとえ勇気がなくたって、水のためなら皆戦うさ」

「戦争では、本当には方がつかないな。たとえエジプト人がアビシニア高原やヴィクトリア湖まで占領するにしたってだよ。ナイルを自由にするのは至難だね。今のうちに協定をしっかり造って、各国で按分《あんぶん》して使うようにしないと、落ちこぼれの水しか貰えなくなるよ」

「おう、ノウ——」老ボーイはニヤッと笑って片眼をつぶった。「うまくやるよ。我々はうまくやる」

カイロは六月中旬で、これは春の終り頃だそうである。朝と晩は涼しいが、日中は四十五六度、五十度という日もあった。

タクシーの窓から、火傷《やけど》しそうに熱い風が吹きこんでくる。クーラーなど備えつけていない。この温度を凌駕《りようが》するために全開にするとクーラーがこわれてしまう。

けれども、周辺諸国の金持たちは、そのカイロに避暑にくるのだそうである。

たしかに避暑でもあるのかもしれないが、アラブ諸国は大体において回教の戒律がきびしく、呑む打つ買う、全部ダメ。エジプトも回教国だが、そんなヤボはいわない。なんでもやってくれ、オールウェルカム。

だから石油王たちはなんとかかんとかいってカイロに来てしまうのである。だから、その石油王に喰いさがって商売をしようという各国の商人たちがカイロに集まってくる。

ヒルトン、シェラトンというアメリカ系資本の特級ホテルは、特にその人たちの取引き場所になっていて、そのため半年先まで部屋はすべて予約ずみ。私たちもシェラトンで紹介してくれたすぐそばのホテルに陣どった。

カイロは今や観光都市変じて、オイルダラーの待合と化しているのである。エジプト人はそれぞれ待合の女将《おかみ》、乃至若い衆という役割を進んで演じようとしているようだ。

そうして、あちらでもこちらでも高層ビルを建設する音がきこえる。超インフレである。七八年前までに両三度ほどこの地を訪れたことがあるアンをはじめ、私が会う人は皆、物価の変動に驚いているのであるが、私にはなんだか、解せないところもあるのだ。

新宿↓銀座を往復したくらいの距離をタクシーに乗って、約二ポンド（エジプトポンド）。それは日本円にして六百円くらいである。タクシーはメーターでなく、話し合いで値段をきめるのだから、地元の人がちゃんと交渉して乗れば、まだ安く行くらしい。それではいったい、超インフレの前はいくらだったのか。

もっとも、若い労働者の一日の賃金がだいたい一ポンド（三百円）だという。エジプトの紙幣は砂埃《すなぼこり》と汗でものすごく汚なくて数字もよく見えないせいもあって、私などは面倒くさくなると、チップに一ポンド札を渡してしまうことがあるが、すると相手は、

「何か、買ってくるのか」

チップとは思わないのである。

それでいて、ギャラクシーなどのアメリカ高級車が街の中をたくさん走っている。整備された、広いスポーティングクラブでは、上流階級の人が乗馬やテニスに興じている。

そばの工事現場で働く労働者は、素足。彼等の足は大きくて、瓦礫《がれき》の上にペタッと吸いつくようにひっついている。

エジプトは、こう見えて社会主義国家なのである。どこが社会主義かというと、パン、バス、家賃、この三つの値段は政府が押えていて、絶対にあげない。

パンは、小麦粉をただ焼いたような素朴なエジプトパンである。

バスは、なるほど、おっそろしく汚ならしい公営バスに、いつ見ても鈴なりに人々がぶらさがっている。

家賃、これは公営の庶民住宅のことか。それとも一般の貸住居の家賃の値上げも抑制しているのか。下層庶民の住居は穴ぐらのように暗くせまく、悪臭ふんぷん、値上げはおろか家賃な

どとるほうが図々しいような代物だ。こういうことに関しては恬《てん》としておどろかない私がいうのだからそのひどさをご想像ねがいたい。

しかし、パンをかじって穴ぐらに寝て、安いバスが動いていれば、最低生活はできるのである。

カイロでは、歩行者よりも車中心で、轢《ひ》かれたら轢かれ損と思わなければならない。子供が轢かれて路上に横たわり、轢いた車は停まりもしないからもうそのへんに見えないのであるが、そばで父親が、砂を両手ですくって自分の頭上に浴びせながら悲嘆にくれている。大地にすがりついて泣くというところであろう。

私が直接目撃したわけではないが、その父親は、救急車を呼ぶとか、通行の車をとめて医者に走るとかしない。救急車は用意されてはいるが、渋滞があったりしてなかなか来ないのだという。また轢いた車のナンバーを覚えていて警察に届けても、警察は動かないらしい。

轢かれたら轢かれ損であって、しかし、では交通信号がちゃんと規制しているかというと、それもどうも怪しい。シェラトンホテルのそばの七差路のひとつの信号は、青の部分のガラスが割れてなくなり、裸電球が奥の方でポッとともるだけである。青だろうが赤だろうが車はどんどん走ってくる。黄色がないので、曲る車のための時間がないから、油断もすきもならない。

カイロの人たちはまことによく慣れていて、どこだろうと車すれすれに押し渡ってくる。赤い布こそ振らないが、突進する猛牛をかわす闘牛士を連想する。

白線で囲まれた横断歩道を、信号に即して渡るとき、我々はどうしても信号をうっかり信じたりして油断しやすい。これは危険なので、信号のないところを、左右に気をくばりつつ一散に駆け抜けた方がややこしくなくてよい。

シェラトンの前の七差路は、だからもっとも危険千万な横断歩道をいくつも渡らなければならないので辛い。走って渡りかけ、危ないと見て走り戻り、息つくまもなく突進し、車につまずきそうになりながら安全地帯にたどりつくが、少しも安全ではないので、車の方が安心して突っこんできそうで緊張がゆるまない。

そういう危険を冒して走り渡ってくると、ちょうどふと安心をおぼえる歩道にたどりつこうとする地点に、突然、ぽっかりと大穴ぼこがあいている。

アンがそれを見て笑いだした。

「これはショウが落ちそうだわ。いいえ、きっと落ちるわ」

アンはニースでの、私がタキシードを着て転んだ件を思いだしているらしい。

しかし、見れば見るほど不思議なのであるが、厚さ三十センチほどのコンクリートが見事に裂けていて、底は見えないほど深い。いったい何をすればこんな穴ができるのか。かりに穴があいたにしても、たちまち砂が流れこんできて鈍角に埋まりそうではないか。

しかもシェラトンの前というもっとも目抜きの場所である。その穴の周辺を囲うでもなく、ごく日常的に、当然のごとくあいているから、私でなくたって、つい落ちてみたくなる。落ちたら最後、落ち損であって、自然というものはそういう不幸を軽く納得してしまうから、私はどうなるかというと、はるか下方の岩盤にひっかかって、蝸牛《かたつむり》のごとく触角を出して這《は》いずりまわっている。

ああこの大穴ぼここそ、エジプトだという気がする。カイロに旅してきてその真骨頂を見きわめんとすれば、ピラミッドよりスフィンクスより、ぜひともこの穴に落ちこまなくてはならない。

ある朝、アンが眠っているうちにシェラトンで朝飯を喰って、その帰り、難関の七差路の角にある本屋のショーウィンドーを眺めていた。

すると、すぐそばの大穴ぼこから、ふっと人影が湧《わ》いてきた。一瞬そう思ったほど音もなく、地の汚れをまとったような衣服の貧相な小男が私のかたわらに現われて、右手に木箱を持ち、

「ペチャペチャペチャペ」

靴をみがかせろというのである。ノウ。私は東京でだって街なかで靴をみがかせたりしない。ペチャペチャペ。ノウです、ノウ。

ようやくあきらめたごとく、小男は大穴ぼこのそばを通って横断歩道を渡りかけた。ところ

がそれは私の行く方向でもあるので、私もあわてて彼のあとを追うように走る。安全地帯で、ねえ駄目か、ノウ。車の隙がまたできて、それッ、今だよ、彼の誘導でまた走る。

向う岸へついたが、彼はそこでまた、私の行く方向に道を横切りだした。くやしいけれども後に続くよりしようがないのである。彼だって私が追っかけるようについてくるものだから、ねェねエ、とまた言ってみたくもなる。私のホテルはもう一本、道を渡らねばならないが、あなんと、彼は逃げるようにして私の行く道をまた渡りだしたのである。

渡りおえたとき、私たちは一種の知己のように顔を見合せた。ペチャペチャ、ノウサンキュウ。ちょっとおあいそがつく。

シガレット、という言葉が耳に入り、煙草一本ぐらいの値段でいい、といってるのかもしれないが、思わず手がポケットへいって煙草を出してしまう。まア吸えよ。

じゃアみがかせろ。ノウ。それじゃ煙草はいらない。

まア、もう面倒くさい。災難にあったと思おう。

ついに小男は私の靴にとりつきはじめた。何かしゃべりかけるが、私にはわからない。ジャポネか、そうだ、そんなことぐらいはわかる。片手にコインを二枚出して見せて私の手に握らせる。ペチャペチャ、カナーダ。

カナダのコインか。やる、という。そうかありがとう。私もポケットから日本の十円玉を二つ出してやった。彼はあまり面白くなさそうだ。ペチャペチャ、バケット、というのがきこえる。

なんだろう。ああ、ポケットか。ポケットの中のものを見せるのか。中にはエジプトの小銭が五六枚入っていた。彼は私を上眼使いに眺めながら、一ポンド札を一枚、片手の裏に忍ばせて、といっても半分くらい掌の外にはみ出しているのであるが、そうっと、自分のポケットに入れた。

私は苦笑した。誰かに、使えもしないカナダの小銭を貰って、それを首尾よく、金に換えたつもりなのだろう。

そのうえ、みがき代を五十ピアストール（百五十円）要求した。そうして自分の取引きの冴《さ》えに酔ったように会心の笑みを洩らした。

帰ってアンに話すと、彼女が怒るのである。

「エジプト人て、だから嫌い。とにかくいつも人をだまそうとしてる。だましたら、だました方がえらいって国ですからね。いつもだまされまいと神経をピリピリさせてなくちゃならないわ」

「まア、だまされてもいいよ」

「ショウをだますなんて、許せないわよ。他の人ならともかく」

「小銭の範囲なんだから、どんどんだまされてやろうよ。それ以上に大きいことはしようと思わないんだから」

「そうね。強盗とか、殺人とかはないわね」

「旅行者なんて、ここの人たちよりはずっと恵まれてるよ。あの小男も、跣《はだし》だった。観光客は税金のつもりで、だまされてやるべきだと思うな」

敗戦直後には私もこの種のことをよくやった。心が荒《すさ》んでいるとき、人をだまして小銭を得ると天にも昇る心地がするものだ。あの喜びを彼が味わっていると思うと、私も嬉しい。

ナイル・ヒルトン、そしてカイロ・シェラトン、アメリカ系の二つの特級ホテルのロビーや軽食堂は、成金たちに喰いさがろうという白人や、同じくべつの方角からとりつこうというエジプト美人たちでいっぱいである。いずれもここを先途と思っている連中だから、卑しく飾った笑顔になっている。それがなんだか痛々しい。

そういうひそやかな騒ぎに無関係なのは私くらいのものであろうか。私は、涼しい貴公子のような顔つきで悠然とあたりを眺めている。もっとも何が目的でロビーに居るかというと、このホテルのカジノが開くのを待っているので、カジノで石油成金たちが放出していく金を、ほんのすこし、分捕ってやろうと考えているのだから、心根としては彼等と五十歩百歩のところかもしれない。

石油成金という存在は、アメリカでもヨーロッパでもカジノでときおり眼にしたことがある。この場合はアラブ人ということですぐにわかるが、カイロでは周辺がほとんどアラブ系だからまぎらわしい。

成金たちはそれぞれ取巻きを連れている。どれが取巻きで、どれが成金か、なかなか見分けがつかない。訪問着《ガラビヤ》を着て立派な顔をしている男が必ずしも主人ではないので、どうもこういうのは番頭さん的な人が多いような気がする。

若くて、プレイボーイ的で、颯爽《さっそう》と先頭を歩いているのが、運転手だったり。

「ほんとの成金は、アラブの衣裳《いしょう》は着てないと思うわ」

「そうかね」

「だって、自分だけちがう人間だと思ってるんでしょ。召使と一緒の恰好をするもんですか。あの連中、召使なんか家畜だと思ってるんだから」

なるほど、一団からちょっと離れて、ややくすんだ洋服を着たみすぼらしい老人が当のご本人だったりする。

「アメリカやヨーロッパで会ったオイルダラーとはちょっと感じがちがうな」

「ヨーロッパで遊んでるようなのは二代目でしょ。ここに居るのは初代だと思うわ。自分の手で金をつかんだ人たちよ」

「初代はやっぱりケチか」

「というより、言葉がしゃべれない場合、ほんとに面白くないでしょ。これから言葉をおぼえようという年齢でもないしね。だから、ヴェガスもモナコも一度でたくさん。このへんで気楽にアラブ語で遊んでた方がいいんじゃないの」

「それは、あるかもしれないな」

カイロのカジノは午後十時頃オープンで、朝まで。外国人オンリーで米ドルかアラブ諸国の紙幣に限る。エジプト紙幣では遊べない。

ルーレットにブラックジャック、ミニバカラとクラップスが各一台。隅の方にスロットマシーン。小規模だがアメリカンスタイルのカジノである。

私はポケットにあった百ドルで、小手調べにルーレットをしばらくやっていた。

アンは、ミニバカラの卓の端っこに坐って、サブディーラーと話しこんでいる。
二、三百ドル増えたところで少し休憩するつもりで、アンのそばに行った。エジプトくんだりまで来て、チビチビ張っていたところで仕方がない。しかしまた、猪突《ちよとつ》猛進して空中爆発するわけにもいかない。
機、達するときに、ドッと張りこみたい。しかし、いつもいつも機に至っているはずもない。

こういう博打《ばくち》は、釣と同じである。一瞬に集中する釣果《ちようか》のために、長時間辛抱を重ねてバランスをとっていなければならない。短気はいけない。また、一瞬のチャンスを見逃してもいけない。いや、それよりもむしろ、長い地味な時間を浮かず沈まずぐらいでしのぎきることこそ肝要な技術であろう。チャンスをつかめばウルトラCなど易しいことなのである。

ミニバカラは一卓七人掛けであるが、客は二人しかいない。私はルーレットより、基本レートの高いバカラを中心種目に考えており、ただルーレットで自分のツキの状態をまさぐっていただけである。

「アン、出目が片寄っているようかね」

「あまりまだおちつかないようね」

私のコーチが実って、アンも近頃はバカラに関して専門的な基礎判断ができるようになっている。

私の状態も、バカラの状態も、まだ機に至っていない。しかし、敵陣に向けて斥候兵ぐらいは放っておいてもいい。機は、いつ突然くるかわからない。

二人の客は百ドルチップを積みあげてやっている。

「ちょっと千ドル出しておくれ」

私はアンから千ドル貰って、百ドルチップ十枚にかえた。私も見栄坊《みえぼう》なのである。私だけ小さいチップではいやだ。博打は釣だというそばからいい恰好しいをしている。

二人の客のうち、一人は瘦《や》せた陰気そうな老人、もう一人は肥っていて色が黒い。二人とも、くすんだような洋服を着ている。

バカラというゲームは日本のバッタまきみたいなもので、バンカーとプレイヤーの二つのどちらか一方に張る。二ヵ所にくばったカードの合計が9に近い方が勝ちである。

瘦陰は、ときどきプレイヤーに張るが、じっと見ているだけで見《ケン》（見送り）が多い。

肥黒は反対にバンカー専門。

私が坐ったときは肥黒が不調で、眼の前のチップがどんどん減っていく。それを瘦陰がじっと眺めている感じ。

しかし私も他人のことはいえない。最初、一枚ずつ張っていたときは一進一退の感じだったが、一枚、又一枚ととられて、一一三のばくち場の法則どおり、三枚張ってみるとまた駄目。ちょっと見《ケン》して、又一一三といって駄目。ぱたぱたっと千ドル無くなってしまった。

私はアンの顔を見て苦笑した。「まだ、春には遠いね」

さっと立ちあがって、またルーレットの方に行ったが、この私の行為が、アンにいわせると、バカラ卓の大話題になったのだという。

「あの人は、貴女《あなた》のご主人ですか」

とサブディーラーが間髪をいれずいった。

「いいえ――」アンがいう。「ボスよ」

「ふうん、――大物だな」

「大物ですとも。あの人はね、どこに居ても眠くなると眠っちゃうの。世界じゅうのカジノめぐりをやってるんだけど、私がいつもついていくのよ」

サブディーラーは感に堪えたようにいった。

「ここにも日本人はよく来るけれども、皆、真剣に小さなチップでゲームを楽しんでいる。あんな人は居ないよ。いきなり千ドルだ。それもパッパッと使って、一言も口をきかずに行っちまった。すごい人だ」

アンは笑っていった。「底なしなのよ」

「普通は千ドル負ければアツくなって、どんどんお金を出してくる。それで泥沼にはまるんだ。あんなふうには立てないよ」

「しかもだ――」とチーフディーラーも口をはさんできた。「秘書に金を持たせてる。金持って奴は、人を信用しないよ。たいてい自分で金を持ってる」

「あの人だって誰にでも金を持たせるわけじゃないわ。あたしを信用してるのよ」

「大物だ。さっと近寄ってきて、金、といった。そこで貴女が千ドル渡す。パッパッと使って行っちまう。スマイルを浮べながらだ。凄《すご》い人だ」

「あれが本物のミリオネアーさ。やっぱり、石油かね」

「まアね——」とアン。

「日本に石油は出ないだろう」

「日本にも大金持は居るわよ」

「そうだ。日本人がアラブの土地を買って石油を当てれば石油王だ。そういう話をきいたことがある」

私はあとでそれをきいて笑いこけたけれども、冗談ではない、皆本気なのだという。瘦陰と肥黒は、一方がヨルダン、一方がサウジアラビアの石油王で、毎夜の常連だが、この二人も私を畏敬《いけい》の眼で眺めていたという。

そういえば、翌朝、寝坊のアンを部屋に置いて私一人で朝食をとりに軽食堂におりていくと、瘦陰のヨルダン氏が居て、いきなり私に声をかけてきた。

「ラストナイト、ユウ、ウィン——?」(昨夜は勝ちましたか)

ウィン、という言葉が耳に入ったので、それと察して、私は苦笑しながら、

「——ノウ!」

私はそれしかいえない。しかし、いくら負けたとか、ぶつぶつこぼさなかったところが、大

物の風格をさらに増したらしい。ヨルダン氏は何か慰めの言葉をいい、私の肩を叩いて立ち去った。

「アラブの金持は見知らぬ人に軽々しく声なんかかけたりしないわよ。ショウは、同じ階級の人だと思われているのよ」

翌《あく》る晩、カジノに行ったときは、私の方がちょっと固くなった。アンの腕をとって、できるだけ静々と、悠然と、三四段ほどの階段をおりる。部屋じゅうのディーラーの眼がそそがれているような気がする。また事実、彼等はさりげなく視線を浴びせてきたそうである。

席につく。老ボーイが恭しく灰皿をおき、小さな刷毛《はけ》で周辺の卓を掃く。チップは一ポンド。先方は眼を丸くして恐縮するが、これは日本円にして三百円であるからどうということはない。

それはいいのであるが、私が坐ったのはルーレットであって、石油王たちがいるバカラ卓ではない。あっちへ行きたいが行けないのである。

今回、私が苦心惨憺《さんたん》して用意してきた金は米貨三千ドルと予備の日本円約五十万円であって、これでエジプト、中近東を廻らなければならない。昨夜、無造作に失ったのはそのうちの千ドルなのである。ルーレットで数百ドル取り返してはいるが、日本の石油王がバカラ卓にいけば、また千ドルや二千ドル、鼻ッ紙のように出ていってしまうかもしれぬ。

そうはなるまじ。——といっても私は石油王であって、貧民のような姑息《こそく》な張り方をするわけにはいかない。

私は同じルーレット台に居るアラブ人や白人たちの五倍ほど大きいチップを、悠然と買って、それを、まるで掌中の珠のごとく大切に、惜しみながら一枚ずつ、チビチビと張った。

アンはバカラ卓の隅の椅子で、昨夜のディーラーたちとしゃべりながら観戦している。そこには昨夜と同じく、ヨルダン氏とサウジアラビア氏が悪戦苦闘している。

アンがディーラーから得た知識によると、この二人の石油王は、お互いにライバル意識が頂点に達していて、一言も口をききあおうとしない。片っぽうがバンカーに張れば、片っぽうはプレイヤーにしか張らないのだから、一方が増えれば確実に一方が沈む。しかし一方が見《ケン》をしている最中に、片方の張った方がとられていることが多いので、結局は二人とも沈んでしまうのである。

相手が増えたといってはなやみ、自分が沈んできたといってはなやみ、そんなになやむくらいなら来なければいいのであるが、やっぱり同じような時間に現われて、毎晩一万ドル見当を負けていくのだという。

アンはその御両人を観察しながら、ときおり離れた私の気配を察して、サービスガールに、彼の所へ煙草を、とか、彼のためにセブンナップを、とか頼んでくれる。

アンは呑まない。彼女は医者からあまり水分をとらない方がよい、といわれているのである。

それがディーラーや石油王には、まことによく訓練された忠実な召使に見える。

私たちは日本語で、ホラ、セブンナップよ、おいきた、なんていっているのであるが、そのニュアンスは彼等にはわからない。

なにしろ、召使う人、召使われる人、というポイントで人間を見てしまうお国柄なのである。彼等の連れている取巻き連は、旦那から小遣いを貰って自分たちの小博打に汲々《きゆうきゆう》としている。アンは金を預かっているのに博打にも手を出さず（実際は昨夜の千ドルが痛いのを察して我慢していたのであるが）ボスの身をひたすら気づかっている。

こういう風景がまた私を大物に見せるのである。よほどの金持でなければそういうところをきちんとすることはむずかしい、と彼等は思ってしまうのである。

私は人知れず大汗をかいて、三百ドルばかりまた増やし、そのチップを握ってバカラの方に来た。

「グッドナイト、サー」とディーラー。

痩陰のヨルダン氏が、眼に笑いを浮べて、

「ヘロー――」

私もちょっとおあいそをいった。

「ゲティング、ウィン」（どうですか）

ヨルダン氏に向けた笑顔を、反対側に坐っているサウジアラビア氏にも向けたが、サウジ氏は眼に屈託の色を浮べたまま、うつむいてしまう。

ヨルダン氏が、いつのまにか私と親しげになっているのがショックで、ひがんでいるのである。

サウジ氏はチップの山を五列ぐらい並べていたが、私が坐ったあたりから急にツカなくなってしまった。

ヨルダン氏がその減っていくチップをじっと眺めている。サウジ氏はあらぬ方を見据えて、けっしてヨルダン氏を見ない。

ヨルダン氏はここぞとばかりプレイヤーにチップ二山ばかり張りこむ。ところが、サウジ氏が、突如、今までの禁を破って、ヨルダン氏と同じプレイヤーに、そっくり同数の二山に張りこんだのである。

ディーラーは信じられないような表情でカードをまいたが、その結果はナチュラルナインで文句なくバンカーの勝ち。

二山ずつのチップは仲よく、音を立ててハウス側になだれこんでしまった。

シェラトンのそばの大穴ぼこは、ある日、金属製の囲いがそばにおかれ、大きな石塊がごろごろ穴に投げこまれていて、ほぼ埋めつくされていた。ところがその翌々日、突如、穴を埋めつくしていた石塊がきれいになくなっていて、また地の底まで達するかのような元の穴ぼこになっていたのである。金属製の囲いは車が当ったらしく、見事にまん中からひしゃげてかたわらに転がっていた。

どうしてなのかわからない。すべて神秘で、アラーの神の思召《おぼしめ》しだ。

日本の石油王は、夜明け頃、カジノを出、その穴ぼこのそばをふらふらとおって自分のホテルにひきあげる。多分菩提樹《ぼだいじゅ》であろう（当地ではセジャーという）並木の枝葉の中で、マスフームという名の無数の小鳥たちがチッチッ、チャッチャッ鳴き交しており、それが全体で、シャアアア、ときこえる。

戦況は一進一退で、最初の千ドルの失点がなければバランスは保っているのだが、どうも一瞬の機が熟してこない。

あの千ドルが恨めしい、と思ってもそれは顔に出せないので、私は悠然と、千ドルのことばかり内心で考えている。

私は依然、カジノでは注目の人で、日本の石油王から、東洋のミステリアス、と名称も固定したようだ。ほとんど口をきかないというのでそうなったという。

しかし、連日眺めているうちに、どうもなんとなく、金持の匂いがしないようなところがある。最初の千ドルをのぞけば、ひと晩かかって数百ドルの勝ち負けに終始しており、大金が流れだしてこない。おかしいぞ、ミステリアスだ、ということになったのかもしれない。

私は昼間は寝ているか、部屋でゴロゴロしているばかりで、例によってどこへも出かけようとしない。アンの方は、毎日新聞のために、ミセス・サダト直撃インタビューを計画しているので、その根廻しにいそがしく飛び歩いている。

人の顔を見れば、ぼろうとする運転手ばかりの中に、珍しくフェアな運転手がみつかったとかで、アンはもっぱら彼の車を専門に使っている。

ある夕方、ピラミッド見物に出かけようという。私は名所旧跡には無関心で、どの国でも無視するが、アンに強くすすめられて、渋々腰をあげた。

彼女はシェラトンの前に行って、客待ちしている中からレッドカーを探し出した。横顔はきりっとした男前の青年運転手だったが、正面からみると、鼻と口のあたりが前に出ていて、なんとなくラクダに似ている。

そういえばエジプト人は皆、ラクダに似ているようだ。そうして腰が太く、肩幅がせまい。

我々が出発しようとすると、他の運転手が来て何かいいあいをしている。我々の運転手（サムといった）がピアストール札を二三枚渡している。客待ちの列を無視して我々がサムの車に乗ったため、文句をいわれたのかと思った。

「ノウ、マイフレンド――」とサムはいった。「今夜七時に彼とお互いの女友だちと皆で遊びに行こうと約束してたんだ」

「そう、それは悪かったわね」

「いや、いいんだ、仕事ですよ」

車が信号で停まると、かたわらにさっきの運転手が車をつけてきて、まだ何かいってる。

「今からピラミッドじゃ七時に間に合わない。そんな客おろしちまえ」

「今夜はデートはやめとくよ」

「そんなこというな。楽しいぜ。なア、我々と遊ぼう」

とそんなところだろう。四つ辻《つじ》ごとに寄ってきて、同じことをいう。アンがバックミラーをのぞいて、

「まだ追っかけてきてるわよ」

「しつこいなア」とサムも笑った。「彼女はいつでも会えるんだから、今日は仕事さ」

やっと先方があきらめて姿を消した頃、今度はサムの車がパンクしてしまった。サムは恐縮して、すぐべつの車を停めるから乗りかえてくれ、という。

「ピラミッドショーの時間にまにあわなくなるよ。パンクを直したら、すぐに僕も追いかける」

「いや、待つよ――」と私たちはいった。

それでサムが修理工場にタイヤをとりに行って戻ってくるまで、大通りの並木の下にしゃがんで待っていた。

エジプトの月が中天に出ている。夜風は涼しく、アベックや中年の夫婦が涼みがてら散歩している。この町の人にとって夜のこの時間が天国で、皆戸外に出てぺちゃくちゃと何かしゃべり合っているのである。

「つくづく思うけれども、日本は偶然、植民地にされる経験がなくてよかったな」

と私はいった。

「チップ制度というのは植民地政策の一環だろう。皆、チップでなければ動かない。それはずいぶん人間をスポイルするな」

「そうね、チップの額によって、正確にセリフが一言増えたりするのね。ドアボーイが表に飛びだしてタクシーを呼んでくる、それもチップの額だわ」

「無償の行為というものがないな。だから大きいことができなくなる。日本はチップ制度でなくてよかった」

サムはこの夜、タイヤをとりかえて我々を再び乗せたが、パンクで時間を喰ったからといって、ついに料金を受けとらなかった。チップ制度の風潮の中にあって、こういうサムの考え方は、拍手を送りたいほど貴重なものなのである。

それにくらべれば、ピラミッドなんてものは、何の値打ちもない。高層ビルを見なれた目には、工事現場に積みあげられた石塊としか思えない。

「昼間くればよかったわね。夜だと背景の砂漠が消えちゃって、大きな風景にならないわ」

「そうかもしれないな」

私が何の興味も示さないので、アンもピラミッドに背を向けてコーラを呑んでいる。

ラクダがのそのそと行き交い、貸馬がパンパン尻を叩かれながら観光客を乗せてそのへんを走っている。

「ショウ、ラクダに乗りなさいよ」

「乗ってどうする」

「どうするってこともないけど」

観光用のラクダは、しかし極めて運のいい存在で、近頃は、ほとんどは食肉用だという。

「砂漠でね、水がなくなると、ラクダのこぶを打ち割って中に貯《た》まっている水分を呑むんですって。それで割ったところに釘《くぎ》をさしこんで蓋をしておくの」

「へええ、痛いだろう」

「かわいそうね。そうするとラクダが水が欲しくなって、砂を前足で猛烈に掘るんですって。

十メートルくらい掘るそうよ。そうすると砂がしめってくる。その砂をなめるのね。ラクダはそれで少しずつ水分を吸収して貯めていくんだけど、それを又人間が呑んでしまうの」

庶民が虐げられている土地では、必ず動物がその底辺の存在としてある。虐げられた庶民はそのうっぷんを、家畜に向けてはらすのだ。それで世の中が辛うじておさまっている。

エジプトでは、ラクダ、馬、ロバ、がそうだ。いずれも、下層庶民のうっぷんが、権力者の方に向かわないよう、そのうっぷんのはけ口になっている。

私はカジノで、日本の石油王、とうたわれたので、今のところ、ラクダや馬をいじめるつもりはない。

ベイルートの夏の陣

「——ウェルカム！」

いきなり、こういう声がした。

これが、戦乱都市ベイルートで現地の人からきいた第一声である。

彼は飛行場で客待ちするタクシーの運転手で、だから我々を見て歓迎の声をあげるのは当然であるけれど、ベイルートは前夜から戒厳令が敷かれており、諸事緊迫の最中のはずであった。

前首相一家が夫人子供にいたるまで、前夜、惨殺されている。

カイロのアラビア語新聞アルハラム紙の記者などは、

「同盟国のジャーナリストの我々だって今は行かないのに、外国人がいくなんて無茶だ」

というし、皆、口々にとめるので、同行のミセス・アンは路線変更してキプロス島行きを提案したくらいなのである。

しかし、いつものことで、行こうと思いついちゃったのだから、行かないわけにはいかない。で、カイロから飛び立ってきたけれど、乗客は用事ありげな地の人ばかり。旅人スタイルは我々くらいのものである。

そこへ運転手の一声である。

「ウェルカム、トゥ、ベイルート。ウェルカム」

アメリカ映画にキーナン・ウィンという中年（今は老年だな）の脇役者が居るが、あんな感

じの楽天的なおじさんで、

「ウェアリズ、ユア、ホテル？」

「ホテル・アカーシア」

「オウ、――ホール、ダメイジ」

彼は首をちょっと振って、もう壊れちゃったよ、といい、片掌《かたて》を宙に開いた。

「――ボムブ！」

「ウェール――、ホリデイ・イン」

運転手は、どうもしようがねえ、というふうに下を向いて坐り直した。

「ノウ――」

「ボムブ？」

「イエース、ボムブ」

我々は、景気のいいウェルカムに誘われてもう車の中に入りこんでいた。

「実は友人に会いに来たのよ」とアンがいう。「ドクター・コニャリアン。この町の有名人らしいけど知ってる？」

「コニャリアン？――住所は？」

「フェニシア通り12番地よ」

「ああ、そこも——」と彼がいった。「廃墟《はいきょ》だな。残念だが」

「じゃ、何でもいいからその近くのホテルへ行って頂戴」

「ホテル・パシフィックは半分こわれてるから、ホテル・ロダーンがいいな。そこへ行こう。とにかく、よく来たね」

ウェルカムというのは彼の口癖らしい。

「インドネシアからかね」

「ノウ——」

「タイランド?」

「ノウ。ジャプニーズ」

「ジャプニーズ、俺は大好きだ。ウェルカム」

飛行場の前から高速道路に入る所のガードをくぐると、ドラム罐《かん》から白い煙がもくもくと出ており、小銃を肩にした兵隊が四五人、暑気にうだったような感じで立っている。

「ここもよかったがね、もう今は駄目だ。ホテルもほとんどこわされちゃったし、誰も来ない。どうしてやってきたの」

「だから、友人に会いに」

「ああ、そうか。それだけかね」

「そうよ」

「うん。——ウェルカム」

高速道路の右手は、かなり広い部分が焼き払われたようになっており、そこに掘立小屋が点々とある。

「あれが、パレスチナ・コマンドの住むところだ」

「すると、日本赤軍の連中もあそこに居るのかね」

「今、パレスチナ解放同盟はイエーメンの左系の方にも行ってるから、ここと限らないわね」

道路の所々に土嚢《どのう》が積まれ、さまざまな服装をした兵士たちがいる。あの緑っぽいのがシリア軍、帽子を斜《はす》かいにかぶってるのがヨルダン軍、と運転手が説明してくれた。

「レバノンは小さくて兵力がすくないから、アラブ連合軍が来て守ってるんだ」

そうして町並が見えてきたが、段丘をおりるような恰好で、海に近い中心繁華街に近づくと、ビルというビルは外郭だけで、中はめちゃめちゃにこわされている。

通行人も居ないし、住みつく人もない。そういう廃墟を縫うように走っていって、廃墟と紙一重のところにあるホテル・ロダーンについた。

すぐる何年前だか正確には知らないが、アンがまだロンドン在住で、広告会社の契約ディレクターをしていた頃、パリにもその支社があったため、ロンドン―パリ間を行ったり来たりしている。

その頃、パリに留学生でコニャリアン君というレバノン人のボーイフレンドが居た。レバノン人ではあるがその名前の感じからすると、ギリシャ系であろうという。

けれども、コニャ家はベイルートでは相当な名家のようで、父親は歯科医だが、元市長であったらしい。で、コニャ君は適当に遊んでいる。カジノに行っては負けてくるので、仕送りがくるまで小遣いが保《も》たない。よくあるやつだが友人知己に借りまくる。

アンも何度か貸した。前の分を返すから又貸すわけであるが、最終的に六百ドルの借金が残ったままコニャ君はベイルートに帰国し、アンはアンでロンドンで結婚して日本に来てしまった。

六百ドルという金額は、小遣いが潤沢なときは、さしたる額ではなく思えるし、逆に不自由なときは、ああ、あれがあれば便利だがな、と思う程度の金であろう。

アンも財布が軽くなるとその件を思いだして、返金をうながす手紙を出した。すると、やア、ごめんごめん、こっちへ来てくれればすぐに返すんだが、というような空調子な返事がくる。

そのくせ返送はしてこない。

よおし、いつかきっとベイルートに行って、突然催促してやろう。

その話をきいて、私はおっちょこちょいの病気が出た。

「そうか、そんならベイルートに行って、六百ドル返せと叫びたまえ」

これが今度のエジプト中近東の旅の目的の中心である。いかにも貧弱な目的で我ながら旗印に掲げにくいが、しかし、何にも目的がなくても行ってしまうのだから、それにくらべれば今回などは重要任務を帯びている。

ただ、折からのベイルートがとりこみの最中であり、そのさなかにこういう任務でお邪魔するというのが、やや心苦しい。

ホテル・ロダーンのフロントで、マネジャーのフッセイン・アブダラ氏が、沈痛な表情で我々のパスポートを預かり、駐日レバノン大使直筆の紹介メッセージを読んだ。

このご両人はレバノンにとって非常に有益な人物であり、なおかつDrコニャリアンの友人である。便宜を計るように。

というもので、これあればこそ、ここまで比較的スイスイと来られたのである。

アンは宿帳に、私のことをオウサーと記し、アン自身をセクレタリイと記した。

そうして、この非常に有益なる人物両名は、階上の部屋にいってコトリとも音たてずに眠ってしまった。

もっとも私は、数時間後、そわそわと眼をさまして、アンの眼ざめを待ったのである。というのは、ベイルートにはすばらしいカジノがあるときいていたので、とりこみ中をまことに恐縮であるが、見せて貰おうと思っていた。アンが眼ざめたら——。

まァしかし、それは不可能であろう、と私は思っていた。彼女は生来の病弱で、日々、主治医の処方薬を呑んでいる身である。ただでさえそうなのに、赤道直下の旅はきつい。できるだけ寝かせねばならん。

それはそうだけれども、カイロで、午後三時頃、ちょっと午睡をとろうといって眠りはじめたら、延々昏々《こんこん》と眠りつづけ、翌日の正午まで起きなかった。一度寝たら最後、眠りのタネが尽きるまで意識を回復しないという人なのである。私は一人歩きがおっくうであるうえに、金をアンに預けてあるので、心ならずも食事を喰い逃し、カジノにも行けないという仕儀になる。

ところが本日は、午後十時半頃、アンが突如、死人が甦《よみがえ》るように眼をさました。さっそくフロントに車を呼んで貰い、カジノへ。

「向うへついたらその車を乗り捨てないで待っていて貰いなさいよ。そうでないと、帰り、車がひろえませんよ」

とフッセイン。

ホテルを出て、海岸へ行く通りに出たところで、兵隊たちの検問。

後部座席の我々に懐中電燈が当り、パスポートを見せる。例の大使のメッセージにライトを当てて読んでいる。

運転手に向って、オーライ、の合図。

ところが五十メートルほど行った次の辻《つじ》で、また検問。前とはちがう国の兵隊なのである。よく見ると土嚢が積まれ、機銃がおかれ、戦車がひっそりと道ばたに佇《たたず》んでいたりする。

ほとんど辻ごとに、検問を受ける。

海岸通りに出てからは、間隔は遠のいたがそのかわり兵士の集まりが大人数になっている。

運転手は口笛など吹いて恬淡《てんたん》を装っているが、むろん気にしているので、中心部でレバノンの兵隊の検問の所では、現地語で何かいったり、やはり他国の兵隊への対応とはまるでちがう。

「蔵前駕籠《くらまえかご》という落語、知ってる?」

「落語、知らない」

「そうだ、帰国したら一度、寄席に行こう。徳川末期の蔵前通りに毎夜、浪士の追いはぎが出て、吉原通いの嫖客《ひょうかく》の駕籠をおそって、金品を奪ってしまう。ところが、どうしてもここをくぐり抜けて行って女の顔がみたいという人が居てね。最初からすっ裸で、衣類や財布は座布団の下に敷いて駕籠で行くんだ。蔵前通りで浪士の一隊が出てきて、駕籠のタレをはねのけて中の客を見て、ああ、もうすんだか——」

「――他《ほか》の人が奪っちゃったと思ったのね」

「駕籠屋の主人がその客のアイデアと執心に感心して、貴方《あなた》はお女郎買いの決死隊ですな、というところがあるんだが、我々は――」

「カジノの決死隊――」

「うん」

ベイルートは背後を山で囲まれて、海沿いに拡がった町だから、左右両翼が長い。海岸通りをどこまでもという感じで突進していくと、ブロックのちがう山裾にカジノがあった。戦乱以前はこのあたり歓楽郷だったとか。

カジノに入っていくと、もうまもなくおしまいだという。時計を見ると十一時半である。

「何時から何時までなんですか」

「今日は八時から十二時まで。明日からは二時までやりますよ」

「くやしいから、せめて食事をしてこうか」

その晩はルーレット二台が廻っているのみ。さすがに客もチラホラだ。チラホラではあるが、地元の常連であろう。狂連といった方がよいか。

戒厳令どこ吹く風とやってくるこの人々は、つまり、日本でいえば馬主階級というところだろうか。

食事して帰途、やっぱり検問を受けながら走っている最中、労働者階級らしき中年男が道路に仰向《あおむ》けに転がされて、四五人の兵士に銃を突きつけられている眺めを、一瞬、見た。

カジノにチラホラ居た紳士淑女は金満家らしき風態をしていたが、しかし本当の金持乃至《ないし》エリートの大部分は、もうこの土地には居ないのだという。

マネジャーのフッセインは、

「俺も国外に疎開したかったんだけどね、このホテルのオーナーから、ギャラはいくらでもはずむから、逃げないでくれといわれてね、市街戦の最中も居たんだ。そりゃア、いい給料は貰えるんだけどね、金貰っても使うところがないのさ」

そういって笑った。

ホテル・ロダーンは百四十室くらいあるけれど、宿泊客は私たちをいれて四組くらいだろうか。

だから、普通の家庭に賓客として泊ったような感じになるのである。フッセイン・マネジャーと彼の親友で向いのホテル・パシフィックのオーナーの息子のサミ・ハシェム君は、しょっちゅうロビーに陣どってべちゃくちゃしゃべっており、アンがその仲間入りをするから、私も自然にその仲間に加わることになる。

フッセインとサミは仲がいいが、一方は雇い人で働かねばならず、サミはオーナー側だからぐうたらしてればよろしい。で、にくまれ口を叩き合う。

「お前みたいな息子が居るから、あのホテルも潰《つぶ》れちゃうよ」

「ああ、あんなホテル、潰れたって気にしてないんだ。俺はちっとも困らんよ」

アンにいわせると、ぐうたら息子のサミは、まったくパリに居たコニャ君とタイプがそっくりなのだそうである。

「ほんとにレバノンの男ってのは、気分がわるいのよ。女とみればべたべたしてきてさ、最初は西洋かぶれでレディファーストなのよ。ところが紙一枚はぐと、おい、って感じ。女なんか荷物と一緒だと思ってるわ」

「それはアラブ圏が、じゃなくて、レバノンの男性についての話なんだね」

「アラブの男は最初から、おい、ですもの。こっちもそう思って見るわよ。レバノンはフランスの植民地だったでしょ。だから彼等も西欧的礼儀を知ってるのね。それが見せかけだけってわけ」

見せかけ息子のサミ君が、アンの一挙手一投足に視線をそそいで離さない。このへんの情熱に関しては、彼等にくらべたら私などまるで男でない。

「フェニシア通りは全部やられてるから、そこの人の消息はなかなかわからないよ。とにかくまかせてくれ。Drコニャリアンの件はぼくが協力する。明日から一緒に探そう」

「そう、お願いするわ」

「ぼくの同級生に歯科医が居るんだ。まず奴に訊《き》いてみよう」

翌日、サミは車で迎えに来て、アンを連れ去った。

まァそれはそれでよろしい。私はどうせ人探しには役に立たないし、どこに行っても昼間はでれでれ寝っ転がっているばかりである。

フッセインもサミも、そういう私が奇っ怪な存在に見えるらしい。

戒厳令のところへ飛びこんでくるさえ物好きなのに、昼間はでれでれ、夜になると検問を突っ切って、カジノ。

私はたしかにこの地ではカジノをするしか能がないが、カジノをするためにこの地に来たのかというと、それもなんとなくちがうようである。カジノならもっと手近にいくらでもある。

では何のためにベイルートに来たのか。それがよくわからない。

もっともわからなくたって、フッセインたちにとって毒になる存在でないから、それでいいのであろうが。

アンが居ないので、一人で飯を喰う。ウェイターのエルモナスが給仕してくれるが、片言で懸命にメニューをきめているうちに、昼食なのにワインとステーキと鯵《あじ》みたいな魚が二匹ついてる皿と野菜と、とにかく皿数が増えてしまった。

ワインはどうか、魚は近海物だよ、とエルモナスがしゃべりかけてくる。ああ、いいね、とか、うん、うまい、とかおあいそをいっているうちに、彼が機嫌よくなって、

「土地の喰い物だが、こんなものを喰ってみないか」

と、白くて柔らかいペーストみたいな物を小皿に持ってきた。アラビアパンにのせて喰うと、これは本当にうまかった。

「うまい！」

エルモナスが喜んだ。一皿平らげて、お代りをした。

「なんていう喰い物？」

「ハモス。気にいってよかった」

私は動物性のペーストだと思っていたが、大豆が主成品だという。

翌朝も、ハモスを頼んだ。が、朝食に喰《た》べるものではないらしい。

「朝から、ハモスかい」

エルモナスが笑いながら運んできてくれた。

二日目の晩、三日目の晩、とカジノの成績はまァ順調である。まァ、という副詞がつくのは、

最初、換算率をまちがえていて、思ってるより小さいレートで戦っており、利益が伸びなかったせいである。

そうして毎晩往復するので、検問の兵士たちの中には、我々の顔を見覚えてしまって、パスポートも見ずに通してくれる者が増えた。彼等の警戒の対象は主にパレスチナ人やイスラエル人で、実際ちょっとおかしいと思うと車からおろして峻烈《しゆんれつ》な検査をおこなっているらしい。

一方、アンの尋ね人は、サミの協力で友人から友人とへめぐり、二日目にして目的を達した。Drコニャリアンは、おどろいたことに、フェニシア通り、つまり市街戦で廃墟になったビルの旧診療所に、ぽつんと居たのだった。

ビルは半分以上崩れおちていて、鳥籠式のエレベーターはむろん動かない。階段を昇って二階に上ると壁がなくて空が見えた。そうして三階にDrの看板は残っていたが、患者の姿もなく、診療所の体裁をなしていなかった。

アンもパリで会ったことのある、大学教授で元市長のコニャ氏とは別人のように老けこんでいた。

「この通りの住人がどこに居るか、誰も知らんだろう」とコニャ氏はいった。「カソリック系の一部が山地の教会附近に疎開してね、儂《わし》の家族もそこに居るが、儂は毎日、ここに来ている。患者は親戚《しんせき》ぐらいしか居ないし、用事はないがね」

「バチェ（息子のコニャ君）も山の方に居るんですの」

「いや、奴はここを見限って、カリフォルニアに行った。もう帰ってこないだろう」

ところで、とコニャ氏はいったそうである。

「今のレバノンを見て、外国人としてどう思う？」

アンは答えにつまった。

「これから先、外国人はレバノンがどうなると思ってるんだろう」

「どう思うって、昔はほんとに美しい土地だったでしょうのに、とても残念です」

アンはそれだけいって帰ってきた。借金の一件は、冗談にもいわずに、今度カリフォルニアに行ったときに、必ずバチェと会って手紙を出させることを約束してきたという。

ちょうど同じ頃、私も部屋で食事をしながら、ウェイターのエルモナスに同じようなことをいっていた。

「ここはいい所だ。大好きだよ。年とったら住みたいね」

ベイルートは中東のパリと謳《うた》われた典雅な保養地で、地形はモンテカルロに似ている。そしてモナコのようにけばけばしく下卑ていない。

「いい所だが、但し、戦争がなければね」

「おう、もちろんだ。戦争以外はなんでも好きだよ」

アンがあとで笑った。戦争以外なんでもいい、というセリフは感じが出てるわね。

「うん、むろん気持はよくわかるがね、だけれども――」と私はいった。「皆が、戦争がいやだって思ってるだけじゃ、きっと戦争はなくならないんだな」

「どうして」

「俺は偉そうなことがいえる男じゃないけれどもね、その前提でいえば、戦争をなくすには、もうひとつの決心が要る。それは、自分が他人よりよくなろうと思わないことだ。自由、幸福、それを望んじゃいけないね。しかしそれができるだろうか。物事にはなんでも裏布地《きじ》があるから、自由、幸福を望めば、不自由、不幸がついてまわる。不幸は嫌だ、と熱烈に思うのはいいが、幸福の方は握りしめているのでは、何も変化しない。だから困る。俺は偉そうなことがいえないというのはその意味だがね」

この地の人々は、'74年を頂点とした対イスラエル紛争《トラブル》のことを戦争《ウォー》といい、一昨年から昨年にかけての対パレスチナゲリラとの市街戦のことを事変と区別していっている。

私は今度はじめてこの地で、彼等の紛争についてくわしくなったのであるが、ごく簡単にいって、戦争《ウォー》の方はカソリック教徒（レバノン）とユダヤ教徒（イスラエル）両者の、聖地エルサレム争奪戦である。これは宗教上の問題から、聖地を持つことで得る収入、つまり国勢上の問題まで多様にからんでおり、現在はイスラエルがややリードしてエルサレムを自分たちの領地内に保有している。

もうひとつは、レバノンとイスラエル両国によって分断された形になったパレスチナ人の独立問題である。特にレバノン国内のパレスチナ人は数も多く、レバノン政府の弱体もあって、レバノンでの主導権をパレスチナ人の手にかちとろうとしている。

大体、レバノン人というのは旧約聖書にも出てくる古い民族とされているのだが、実際はエジプトに純粋エジプト人が絶えているごとく、現在レバノンで主導権をとっているのはフランス植民地時代に血が混ざった東欧系白人との混血だという。すると、この点でも古い土地ッ子のパレスチナ人は黙っておられぬものを感じるのであろう。

レバノン政府は何度も、アラブ連合諸国に向って、パレスチナ人のためのスペースを与えて貰うよう提案したりしたようだが、アラブ諸国はいずれも、そのための応援ならいくらでもするからレバノン内で解決しろという。引きとり手はないし、レバノンがそれを強力に推進する力はない。

一方パレスチナ解放同盟は、むしろレバノン政府を自分たちに解放しろと主張しているので、これが事変《トラブル》になる。

さて、どうするか。

「師匠《シヨウ》が、Drコニャリアンの所にあたしと一緒に行ってたら、なんて答えたの」

「外国人としてどう思うか、というやつか。うーん」

私は煙草に火をつけて少し考えた。

「まず、お察しします、というな。それから、うまく混在していくことを考えるより仕方がない、と思うな。外国人としてはそれしかいえない」

「混在、ねえ」

「アメリカでもソ連でも、イギリスだってフランスだって、どこでも混在して生きてるじゃないか。完全にピュアーになることはもう不可能だよ。ピュアーはせいぜい個人単位で、ピュアー同士でも混ざり合って生きなきゃ」

海岸通りの石垣のところに、二三十人の市民が群れて、海風に吹かれながら不景気そうに佇んでいる。

ところが、その向うの入江を眺めると、モーターボートが走っており水上スキーをやってる楽天野郎が一人居るのである。

このへんがもし日本が戒厳令になった場合とちがうところであろう。

「ここも、混在してるわね」

「いや、あれは混在じゃないよ。ひとつ所に居るというだけで、お互いばらばらすぎるもの。

我々がここに居たって混在といえないのと同じでね」

「ばらばらが混在じゃないとしたら、混在ってのもむずかしいわね」

「そうだな」

私たちは、例によってカジノへ向っている。こんな話題を口にしながら、この戒厳令のベイルートで、カジノへ行くのは実に無礼な行為だという気がする。

そう思いつつ、検問の林を通ってカジノへ到着してしまう。戒厳令自体も日毎にゆるんでいるようであるが、カジノも二日目の夜からは客の頭数も増え、ヨーロッパスタイルとアメリカンスタイルと二室をオープンしている。

私の手の内に入っているアメリカンスタイルの方へ。ルーレットとブラックジャックのみで、バカラはさすがに開帳していない。

「混んでると思ったら、土曜の晩ね」

「ああ、そうか」

水上スキーの楽天野郎と似た人々が右往左往している。むろん私もその一人だ。そして最後の夜は、仕あげに勝利を不動のものにしていかなければならない。

「俺は二日来て二度とも勝ちこんでいるからね、ディーラーたちが俺をマークするなら、今日は目の出かたがちがうはずだよ」

と私はホテルでアンにいった。
「3、15、24、36、この筋は狙い目だと思うな」

昨夜も一昨夜も、先張りしないで、張り目を三点ぐらいに限定してしまう私に、ディーラーたちは注目し、出目《でめ》を作為的にするのにまず0《シングル》と00《ダブル》の二つを活用しようとした。ところが私は、アメリカンルーレットとは、0と00を軸に考えるべきものと思っているから、彼等がここでこの二つの目を出そうとするタイミングはわかるのである。私はこの二つの目に平常は張らないが、彼等が出すときにはめったに逃さない。

で、次に彼等は、0と00を少しすぎた地点の目、9、26、30、乃至25、29、12、8あたりに入る球を極め球として攻めてきた。

これぞ私にとって好都合で、平常私はこのへんの球をひろって勝っているのである。彼等は何人もで極め球とそうでない球との配合を少しずつ変えて対戦してきたが、私にとってそれは少しも難手ではなかった。

私が狙い目だといった3の筋は、ディーラーがピンチに立ったときにしばしば狙う目であるが、最終日はむしろ、14、35、23、4、という4筋を活用されたふしがある。3筋も4筋もどちらも、0及び00の手前の目である。そしてこの日は0と00を徹底的に殺された。私は3筋はわりに張り押えたが、4筋のしのぎが甘かった。

ディーラーたちはほとんど私の方を見ない。しかし私がやや立ちおくれて、彼等との心理の読み合いで後手に廻っていることは見えていたはずである。控え室に帰ってから彼等同士で溜《りゅう》飲《いん》をさげている様子が楽に想像できた。

予想以上に彼等は結束し、私をマークしていた。張り額の問題ではなく、唯一の他国者である私を勝ち逃げさせたくなかったのであろう。私は沈んだ。そうしてトータルでバランスがとれているうちにと思って台のそばを離れた。

四五時間戦ったので、私は引きあげるつもりでアンに目くばせしたが、ちょうどそのとき、ややレートの高い台がオープンした。

私は気を変えて、その卓に近寄った。トントンと三つ連続当った。四つ目も私が押えにおいた13に来た。

配当を受けとろうとしたら、それは私のだ、と中年女がいいだした。

アラビア語で何をいってるかわからないが、私は言葉で応酬できない。監督《ピット・ボス》はおとなしい私を無視して、女に配当を渡した。

次の目が、31だった。

31は次にもし張れば第一本命にした目である。やめよう、と思った。あやがついたとき未練たらしく張っていることはない。

私は立ちあがってチップを現金にかえた。結局トータルでは勝ったが、最終日に完敗しているので勝った気がしない。

「この次は、もっと勝つよ」と私は最終に当ったディーラーにいった。

「ああ、又来いよ。いい勝負をしようぜ」

「戦争がなくなったらね」

「そうだ、戦争が終ったらね、日本人を大勢連れてこいよ」


けれども、私が日本に帰ってから一週間後、ベイルートはまた市街戦がはじまり、どうやらホテル・ロダーンも、ホテル・パシフィックも廃墟と化した模様である。

私たちはフッセインの奢《おご》りで〝ルーフィ〟というレバノンの名物料理をサミたちと喰って別れたのであるが、彼等の無事を祈らずにいられない。

「シーユーアゲイン、ベリィファインフレンド！」

といったエルモナス君の別れの言葉がまだ耳に残っている。

ぐるぐるぐーるぐる

暑さがちょっとうすらいだ八月の末日、私たちは旅装に身を固め、国鉄のフリー切符を買い求めて、長途の旅に出発した。

フリー切符というのは、ご存知ない方もあろうが、その日一日に限り、好きなところで何度でもおり、何度でも乗れる。一枚五百円である。もちろん、その値段だから、好きなところといっても日本じゅうどこでもというわけにはいかない。東京都区内なら、ほぼどこでもよろしい。

私とミセス・アンは、このフリー切符というものの機能に基づいて、東京の環状電車山手線で旅をしようというわけである。なんだかどうも、いつも遠い外地にばかりすっ飛んでいて、今回だけ異質のようであるが、気にすることはない。どこに行こうと旅にかわりはあるものか。それに、私の計画した旅程はそれほどお手軽なものでもない。

「それで、ぐるぐるぐーるぐる、ですか」

「いや、ぐるぐるぐーるぐる、じゃない。ぽつぽつぽーつぽつ、だ。辛い旅だよ、特に俺にとっては。砂漠を自動車でぶっ飛ばした方がまだよろしい」

「でも、ぐるぐるぐーるぐる、もいいわね」

「いいけれども、それじゃ一時間だろう、一回のぐ、る、がね。ぽつぽつぽーつぽつ、は時間がかかるよ。ホテルに泊りつぎながら行くから、そのおつもりで」

「ぐるぐるぐーるぐる、でも、ぽつぽつぽーつぽつ、でも、アンは楽しいわ。ながいこと夢だったから」

「山手線で一周するのが、か」

「ええ――」

アンはマウイ島育ちだから、飛行場にはわりに慣れているが、汽車や電車にはヨワいのかもしれない。東京駅とか、上野駅とか、ああいうところへ行くと、どこまでもつながっているような実感がして、大好きだ、と以前に言ったことがある。

「でもそれだけじゃないのよ。アンは、いつも、どこに行っても、行きっきりでしょう」

「行きっきりか」

「両親も死んだし、兄弟も居ないから、世界じゅう渡り歩いてるけど、祖国も故郷もない。行ったら行きっきりで、帰るという旅がないわ。山手線も、行きっきり」

「ああ――」

「ぐるぐるぐーるぐる、でしょう。感情移入があるのよ。以前から」

「なるほど」

「ロンドンに、環状線《サークル・ライン》があるんです」

「そうらしいね。こういう形の電車は、東京と大阪とロンドンだけらしい」

「ところが、ロンドンのは、あたしたちを裏切るのよ」

「どうして」

「交通地図を見ると、黄色い線が楕円《だえん》を描いていて、たしかに環状線なのよ。でも乗るとちがうの。アールスコートという駅が起点になっていて、そこから乗ってどこまでも行くと、たしかにまたアールスコートに戻ってくるけど、そこが終点になっていて全員おろされてしまうのよ。途中から乗ってアールスコートのひとつ先の駅へ行こうと思う人は、いったんおりて別のホームへ行って乗りかえなくちゃならないの。ぐるぐるぐーるぐる、じゃない、環《わ》にはなってるけど本質は直線を走ってる電車と同じなんだわ」

「なるほどねえ」

「それに、一方通行なのよ。右廻りだけ」

「あ、すれちがわないわけか」

「そのかわり、東からしばらく逆に走って北西へ上る線と、南から来て南半分を逆流して東へ抜けて行く線とがあって、逆廻りしたい人はそういう線を乗りついでいくわけなの」

「いろいろ走ってりゃいいじゃないか」

「でも、どうしてそういう不自由な考え方をするのかな。異様よねえ」

「異様かな」

「電車ってものは、起点と終点があるべきだと思っちゃってるみたい」

「しかし、無駄に手数をかけてるわけだな。終点についた電車は客をおろして、引込線かなにかに入って、それから起点ホームに出てきてまた客を乗せるわけだろ。それならば、客をそのままにして、終点ホームからまた出発していけばいい。客ばかりじゃなく、駅事務も面倒くさくない」

「それが、そうじゃないの」

「そうじゃないのか」

「そこでまた、一層、お客を裏切るのよ」

「裏切るというと」

「終点ホームに着くでしょ。客をおろしてしまうと、引込線に入らずに、行き先の札をとりかえて、もう環状線でもなくなって、まっすぐちがう線の終着駅めざして走っていってしまうのよ。どこかべつの線から走ってきて、そこで環状線に変身する電車もあるの」

私たちは、私の仕事場にもっとも近い渋谷駅から、山手線外廻りに乗った。品川を起点と考えるならば、車で品川へ行き、そこから乗りこむという手があるけれども、まあ、そんな必要はないということになった。山手線はどこから乗ろうと山手線。起点だの終点だのは電車側で定めただけで、私たちは平生、自分の用事に即して勝手にどこでも乗り降りしている。それですこしもかまわない。

ホームの時刻表を見て、アンがいう。

「ホラ、終電車に近い二三本には、どこそこ止りということが記してあるでしょう」

「そうだ、略称で、品は品川、袋は池袋、大は大崎かな」

「どこ発とは、どこにも記してないでしょう。始発のあたりにも」

「そりゃそうだ、客にとっちゃ、どこから来ようが関係ない。どこ行きというのが問題なんだ」

「そうね。やっぱり山手線は、人を裏切らないわ」

アンは、山手線がアールスコートとはちがう、そのあたりの趣をたっぷり味わっているような顔つきになった。

渋谷で乗って、次の原宿でおりた。

「ここは昔、主に明治神宮のための駅だった。今は、ヤングの盛り場だが」

いつもの旅とちがって、今回は私が案内役である。私たちは原宿駅前の歩道橋の上で、ヤングタウンの方でなく、明治神宮の方を向いて立っていた。

「かなり濃い森ねえ」

「奥が相当深いんだよ。ハイドパークに近いくらいあるんじゃないかな」

「そんなに広いの」

「ほとんど森で、見渡せないから見当がつきにくいがね。至るところに、どういうわけか立入禁止の小道があった。今もそうかな」

「明治神宮って、何するところなの」

「明治天皇が祭ってある」

「あら、そうなの。じゃ、東郷神宮というと――」

「神宮じゃない。東郷神社、東郷平八郎だな。乃木神社といえば乃木希典《まれすけ》。日本じゃ、死ねば誰でも神仏だ。そのかわり、血縁以外に、本気で拝む奴は居ない」

「でも、ナポレオンは神社も立たないわ。ヨーロッパに生れて損しちゃったわねえ」

「ナポレオンやジンギスカンやヒトラーが、なんで神社に祭られるんだ。手前の好き勝手をして、迷惑をハネ散らしただけじゃないか」

「じゃ、明治天皇はどうなの」

「そうだ、明治天皇はどうしてかな。わりに今でも、参拝客が多いようだね」

「森にくるの、拝みにくるの」

「どっちなのかなァ」

アンは森の中の参道を歩いてみたかったらしいが、そうすると代々木公園に行き、その先はどこへ行ってしまうかわからなくなり、山手線から逸脱してしまう。そうなったってすこしもかまわないけれど、いくらなんでもまだスタート直後である。

で、ホームに戻って、次の代々木まで乗る。ひと駅ごとにおりて階段を昇ったりおりたり、疲れるうえに小面倒なことおびただしいが、そうしようと決めたことだから仕方がない。

「ここも明治神宮下車駅だったんだが、総武線との乗換駅といった方がいいかな。それに、予備校や料理学校など、各種学校が多い」

「本当、ヤングが多いわね。でも原宿のヤングはどういう生活をしてるか想像がつかないけど、ここのヤングは、学校に行ってるって感じ」

次は新宿。

アンは新宿という盛り場をまだ知らないらしい。新宿に限らず、盛り場というものにあまり興味を示さない。アンが一番嫌いなものは、鼠。二番目に嫌いなのが、買い物。日常品の買い物すらご亭主のトシが閑《ひま》をみつけていくくらいで、その買い物というイメージに結びつくので、盛り場に関心がないのか。

もっとも彼女は、自分でいうとおり、どこに居ても外国で、世界じゅうを知ってはいるが、一カ所の地につくということがない。その意味で小市民でないので、小市民でない者が、小市民の心情に添って成り立っている盛り場のような存在にあまり関心をもたないのは当然かもしれない。

私はアンを、近時発展した西口の方に案内するつもりだったが、階段をおりる途中で睡眠発作がきて、思考力を失った。辛うじて足は動かしているが、何がどうなっているのかわからない。

気がつくと、アンに支えられながら、駅ビルの外をよろよろと歩いていた。

「どこかでお茶でも呑んで、休みましょう」

「ここはどこだろう、おかしいな」

新宿だということはわかる。けれども、駅のどちら側だかわからない。

「わかった、なァんだ、東口だ。昔の新宿はこのへんが中心部だったんだ」

アンには東口でも西口でも関係がない。彼女は私を休ませるために、空いた喫茶店をいそがしく探している。

武蔵野館、ムーランルージュ、と私は、自分がヤングの頃の今はなき名所を口にした。

「ははァ、角のボンというコーヒー屋もなくなったようだな。三越横の二階の喫茶店、青蛾《せいが》、あれはまだあるかしら」

「さァ、ここに入りましょう」

アンにうながされて、名も知らぬ店に入り、紅茶を前にして五分ばかり眠った。ナルコレプシーという私の持病は、疲労感が常人の四倍といわれており、平生は、下駄を突っかけて地下鉄の入口まで夕刊を買いに出かけても、帰宅して三四十分は寝こまなければならない。だから本日の運動量たるや、すでにして一週間分を超えている。

「ヘルメットと、ゲートルを巻いてくるんだった」

「エジプトより大変ね。師匠《シヨウ》にとっては」

ついでに食事をすませて、えっちらおっちらとまた駅の階段をあがる。

新大久保。

「汚ならしい感じねえ」とアンがいった。「線路の隣まで建物がぎっしり」

「そういえば近頃は駅前広場ができちゃってお体裁が整ったから、こういう所は珍しいかもしれんな」

アンは看板に羅列してある♨ホテルの名前を読みあげた。

「下町《ダウンタウン》ともまたちがうのね」

「新宿の水商売の人たちのベッドタウンだろうな。昔、俺も住んでたことがあるけど、面白い街だぜ」

今、山を見せるよ、と私はいった。

「モンブランに似た山だ。進行方向右を見てごらん」

「スイスのモンブラン？」

「ああ」

「嘘でしょう」

「似てるよ。ただ小さいだけだ」

「あら、あら、山があったわ——！」

「俺たちは、三角山と呼んでたんだが」

私が子供の頃、戸山ガ原といえば、どの子も眼を輝かしたものだった。だいいち、原っぱというものが、子供にとって不可欠のものなので、規制され化粧された公園などとは大ちがいなのである。

原っぱとは、なんだかわけもなく、草が生い茂った空地で、とんぼやばったや蚊など小動物の生息地であり、古井戸があるぞォ、とか、とって喰うと腹が痛くなる植物があったり、ごく自然にスリリングな要素が備わっている。昔はいたるところに大小の原っぱがあって、戸山ガ原はそうしたものの一大パノラマだったのである。

戸塚側から入ると、長い土堤《どて》があった。これが凸凹《でこぼこ》しているうえに穴ぼこなどあって歩くだけで面白い。中央の三角山で遊び、草っ原を走り廻る。電車の線路の向う側は、やや整えられた芝生と松林で、家族連れにまじって兵隊が演習していたりした。

「今はどうなってるの」

「今は、団地だとか、研究所みたいな建物が並んでる」

「なんだかわけもなく、って感じじゃないのね」

「日本はせまくて、土地が高いからね」

高田馬場。

「いうまでもなく、早稲田大学の通学駅だ」

「そんな感じじゃないわね。日本はネオンが多いわ。どこもラスヴェガスみたい」

目白。

ここに至ってアンの足どりが、やや速くなった。彼女は以前、目白の女子大に留学していたことがあり、鎌倉から品川のりかえで、目白まで通っていた。

「ああ、歩廊が一本増えてるわ。でも駅舎の感じは変らないわね。あたし、目白の駅って好きよ」

「馴染《なじ》めば都だ。どこだって」

「そうかしら」

「実は俺も、前に住んでいたんだよ」

「いつ頃？」

「十年前かな」

「じゃ、アンが大学を出た頃ね。田中屋へ行ってお茶呑みましょうか」

私たちは駅前の洋菓子屋に入ってしばらく休んだ。

「まだ夏休みだから、すいてるわね」

「目白はブス、目黒は美人、という説が昔、男の子の間であったたな」

「ひどいわねえ、目白だって美人は居ますよ」

「この裏手の小道にね、夕方、卵売りのお爺さんが現われるんだ。僕が住んでいた頃だがね――」

お爺さんは山梨県の方まで出かけて、大量生産の無精卵ではない、生みたての有精卵を農家から買い集め、リュックに埋まるようにして運んでくる。もういつもの電信柱のところに並んでお爺さんを待っている主婦たちが居る。

安いし、実に美味《うま》い。小鉢に割ると黄身なんかコリコリ盛りあがっている。なにしろ、おソバ屋さんとか商売につかう人まで並んで、お爺さんの労苦を無造作に買っていってしまうのである。

「お爺さんは旧式のカンカン秤《ばかり》で、一キロぐらいずつ計り売りをするんだけどね、ぴたっと目方がきまるまで、大きい卵を一つおろして小さめのを加えたり、じれったいほど時間がかかるんだ。でも行列してる人も誰も文句をいわない。お爺さんが、大事そうに、名残り惜しそうに、ものを売るのを眺めてる」

「そのお爺さん、もう居ないの」

「どうしたかなァ、なにしろ七十ぐらいのヨボヨボのお爺さんだったから。——それで思いだしたけど、もうひとつ、話がある」

私が住んでいた頃、すぐそばのビルの二階に高級パン屋のドンクの支店ができた。ところがそのすぐそばに、昔ながらの小さなパン屋があって、朝通ると奥でパンを焼いているのが見える。こちらは昔ながらのクリームパンだのジャムパンだの、ドンクのパンから見るといかにもヤボったい。

ところが、これがうまいのである。気のせいか、気合がこもっている。ドンクと競う、というよりは、ここで気合をいれなければもう商売にならなくなる怖《おそ》れを感じているのであろうか。ドンクのが不味《まず》いというわけではないが、私はヤボったくて古びた店の方のパンを愛した。

以後、気をつけて見ていると、鰻《うなぎ》にしてもトンカツにしても、名店の周辺にやはり名店がある。これは偶然ではないように思われる。

池袋。

ここからがアンははじめてのコースである。比較的新しく開けた北口に出ると、駅舎とビルの間が自転車の山になっている。

「これは、何？」

「通勤者のだろうな」

「どうしてなの」

「乗り物の便がわるいんだろう。それと、自転車で走るに適当な距離に濃い住宅地があるんだろうな」

そうはいったものの、私も内心、びっくりした。そうして、荻窪に住んでいた頃、ここほどの規模ではないが、自転車置場があり、私自身も自転車を乗り廻していたことを思いだした。それがこういう風景に驚いてはいけない。

私は巷《ちまた》の子のはずだったが、いつのまにか巷とは別世界に浸りこんでいるようである。考えてみると、病体という条件のせいもあって、ここ十数年、ほとんど電車に乗っていない。山手線廻りはアンよりも私のために意味のあることだったかもしれない。

落語の寄席があったので、のぞいてみる。日本語の芸にアンがどう反応するか興味があったが、まったく無反応に近い。

辛うじて意味はわかるけど、少しも面白くない——のだそうだ。

チラホラと、客、十人あまり。私たちから少し離れた場所に、管理職風の中年男と、中年のおカマらしき二人連が坐って、カツサンドを仲よくパクつきだす。アンはその方を面白がって眺めている。

それはいいが、禁煙という張札が気にいらない。

「映画館でも禁煙というのは日本だけね」

「試写室では皆煙草を吸ってるんだ。空気が汚れたら換気に努力するのが映画館側の問題なんだがね。金をとって入れてるんだから」

「お客がおとなしいのね」

「しかし、俺は子供の頃から寄席の空気を吸ってるが、灰皿を用意してない寄席というのははじめてお目にかかった。近頃はみんなこうなのかな」

「出演者は楽屋で煙草を吸ってるんでしょう」

「この一事だけで、客は来ないね」

私たちも二三席で失礼して外に出る。

まだほんの宵の口だが、くたくたに疲れているようでもあり、ホテルを探した。まもなくビジネスホテルを認め、小部屋を二つとる。池袋ではこのへんで我慢せざるをえないだろう。

和風旅館ならあるだろうが、一人で一室を占領することをいやがるところに、男女で対《つい》で現われて一室ずつに別れるその理由を説明するのが面倒くさい。

ともあれ、お互いに棲《す》み家《か》が眼と鼻の先にあると思うと、旅情も湧《わ》きにくいが、本来は外国の旅館に寝ているはずのところである。また、距離の遠近がその本質に及ぶわけはない。

まもなくアンから電話があり、

「マッサージをとるといいわよ」

ああ、そうかと思っているうちに、ぐっすり寝こんでしまう。

これも持病のせいで持続睡眠がとれないので、起きたり寝たりしながら、〆切りの迫った原稿をぽつりぽつりやるうちに朝になり、朝食をとりに降りた。私は寝ると腹が減る。寝なければ減らないということはないが、一時間寝ると、一時間の分量ぐらい減る。持続睡眠ができないから困るので、腹具合に厳密にすると夜どおし少しずつ喰っていなければならない。ナルコレプシーの患者は肥満症になるというが、これは運動に耐えられない身体《からだ》になるためと、起きなくともよいときに起きて何か喰うためではないかと思う。私は、だから腹具合を無視してしまう。腹は北山というけれど、北山に時雨《しぐれ》がかかったようになって起きたり眠ったりし、へとへとになって、朝、食堂にたどりつくのである。

和定食と洋定食——。

「洋定食——」

「ええ、ジュースはトマトかオレンジか、卵はどういたしましょう——」

と訊《たず》ねられているうちに、気が変って、

「和定食——」

「はい——」

すうっとボーイに行かれてしまうと、あ、実はパンにコーヒーが呑みたかったのだと思いだす。一度しかない朝食の機会をなんという軽率なことをしたのだろうと煩悶《はんもん》しながら喰《た》べる米の飯は、うまくないかというとそれほどでもない。

けれども、どうしても隣の卓に視線が行くので、うっすら焼いたパンにバタをなすりつける音がやかましい。なんにしても、もう洋定食を喰べることはできない。五十男がそういうことをしてもひきたつわけはないので、何喰わぬ顔つきで、すっすっと部屋に帰ってくる。

仕事も残っているけれども、なんとなくあと味がわるいから、ルームサービスを頼もうと思う。こうなれば、気持が柔らぐまで喰べるより他《ほか》に手がない。

「洋定食——」

と電話で頼み終ったとたんに、ここは外国ではなく、池袋のはずれにすぎない、と思いつついた。街に出れば、早朝サービスの喫茶店がいくらもあろう。ホテルの高いパンとコーヒーよりそっちの方がうまいのではないか。

事実、運ばれてきたパンは冷たいし、コーヒーは香りがない。これが、夢にまで見た喰い物だろうかと思う。

オムレツとパンは同じように無味だし、ジャムだのマーマレードが甘いうえにコーヒーに砂糖をいれすぎて、外国人がこんなものを毎朝ありがたがって喰う気がしれない。そうかといって、自分が頼んだ以上、無責任な態度はとれない。むりやり詰めこんで、がっくり疲れて、昼すぎまで寝こんでしまった。

――したがって、本日の出発は二時半。

駒込。

なぜ駒込かというと、電車に乗ったとたんに坐れたものだから、眠りこんで乗り越したのである。

「ここはいいわ。とても好感がもてる」

とアンがいった。駅前の広さが、スッキリしていて、胸が開く感じなのだそうだ。

大塚。

二駅戻った。

「ここもいいわね」

「俺はあんまりいい感じがないんだ。中学がこの近くでね、いやな思い出しかない」

「アラ、路面電車――」

とアンが大声を出す。東京で一本だけ残った都電荒川線が、ガード下をくぐり抜けている。

「乗りたいわ。あれに乗りましょうよ」

金七十円払ってワンマンカーに乗りこんだ。

「昔、王子電車といってね、俺の子供の頃は私鉄だったんだけど」

「あたしの大学の方も走ってるわね、これでしょう、鬼子母神とか――」

「そうだ、そうだ――」

それはいいが、次の巣鴨新田《すがもしんでん》という駅でおりると、眼の前に私の旧制中学があるのである。

私たちは学校の横の道をふらふらと歩いた。アンは塀《へい》の穴からのぞいて、

「ずいぶん広そうね」

「何もかも昔とはちがう筈だよ。古い校舎は戦争で燃えちまった」

学校の正門のそばでタクシーをとめて巣鴨駅へ。

ここは中仙道（国道17号線）が通っているので駅前道路の道幅も広く、車の通行も烈しい。

朝食もとっていないというアンがショーウィンドーを眺めているので、その店へ入ろうとし

たが、アンが眺めていたのは、あん蜜《みつ》。

「なんだ、汁粉屋か」

「お饅頭《まんじゆう》もふかしてるわよ」

「そんなもんでいいのか」

アンは大の甘党で、ふくふく饅頭（戦後の一時期、これが流行《はや》ったものである）のつけ合せにあん蜜を喰べている。私は氷いちご。

「――ねえ、ここの女主人、綺麗《きれい》ね」とアンがヒソヒソ声。「中年でも綺麗な人が居るのね。背中がシャンと立ってて、お店に出てるからでしょうね。生活の筋がきっちりしてるから綺麗なのね」

ちなみにこの店、味も上等であった。駅前の駿河屋《するが》。

田端。

陸橋の上からアンがさかんにカメラをふりまわして貨物列車を写している。東北信越方面の幹線と平行しているので線路の列がはてしない。

「この田端の線路を横断していくんだ。実際戦争中にやったんだがね。すると、あっちからもこっちからも列車が突進してくる。向うの線だと思ってたのが、急にこちらに切りかわってくる。右往左往、逃げまわるという夢を、俺はよく見るよ」

西日暮里。

「あ、はじめてだ。こんな駅、できたの知らなかった。そういえばこの辺は、俺、戦争中以来はじめてなんだよなァ」

日暮里。

上野の山の山裾を廻る感じになるので、田端から此方《こちら》、内側はずっと台地になっている。私たちは駅を出て、その台地に足を入れた。

「お線香の匂いかしら」

「ああ。ここはかなり規模の大きな寺町だ。それから共同墓地もある。実は俺の祖父母の墓もあるんだ」

「グランパとグランマね。師匠《シヨウ》はその人たちを知ってるの」

「グランパは知らない。グランマは戦争中まで生きていた。何故《なぜ》？」

「アンは父母しか知らない。グランパは鎌倉にお墓があったのを、お父さんが亡くなってから見つけたけれど、どんな人でどこに居たか、生前何も話してくれなかった」

「訊《き》きたくなかった」

「べつに。アンと関係ない人のように思えちゃう」

「ママの方のルーツは？」

「訊いてないわ。アメリカ人はそういうこと気にしないわよ」

「気にしないというと?」

「たとえばアンが二度目に結婚した人は、ドイツ系ポーランド人の移民だけど、お父さんはオクラホマの方に住んでいるそうね。息子はロスの郊外。移民前はもうよくわからないみたいよ」

「アメリカ人は移民のときに屈託があったり、或いはここで最初から出直しと思ったりというようなことで、むしろルーツを忘れたいと思ってるんじゃないのか」

「どうかしら。最近〝ルーツ〟という評判になったでしょ」

「あれは黒人の話だと思っていたけど」

「白人も身につまされるのよ。誰もそんなこと知りやしないんだもの。一般的には。むしろ黒人の方がまだルーツがはっきりしてるともいえるわね」

「ヨーロッパじゃちがうだろう」

「さあ——。とにかく、この何々家之墓ってのはアンには異様ね。欧米のはみんな個人のお墓だから」

「するとお墓が個人の数と同じくらい増えてっちゃうね」

「ええ、だから、二代くらいたつとどんどん整理して潰《つぶ》しちゃう」

「潰してなんにもなくなるわけか」

「ええ。もともと墓なんてそれほど意味がないのよ。日本みたいに墓参なんて行かないし。故人のかぶってた帽子があれば、墓よりその帽子の方がよっぽど意味があるの」

アンは墓には敬意を払わなかったが、好奇心は充分働かせているようで、共同墓地の中を一日じゅうでも歩いて、ひとつひとつのぞいて廻りたいような気配だった。

「面白いわね。みんな木を植えたり、飾りたてたり、生ける人に対するようね」

「そうだな。日本では生きてるときと同じようにあつかう。なにしろ自分もいつか行くところだから。それともうひとつ、死者を忘れないためのものでもある」

「墓がなくたって憶《おぼ》えているでしょう」

「ずっと前の人のはわからない」

「ずっと前の人は関係ないわ」

「いや、ずっと前の人の存在を消せないんだ。自分もあとかたもなく消されたくないからね」

「死んだらわからないじゃない」

「アン。アンは死んだらどうなると思う」

「死んだ後？」

「ああ——」

「神さまのところへ行って、神の子になるの。——身体は土葬されるけど、ひらひらした小さな物になって、神のもとに集まるのよ。そこは静かで、安息の場所なの」

「アンのパパもママも、そのひらひらした物になっちゃってるわけか」

「なにしろ大勢だから、山のようになって、山の一部になってるんでしょうね」

「アンのパパやママは、そこでアンが来たら一緒に居ようなんて考えないわけ」

「それは考えてると思うわ。アンもそうしたいし」

「するとただの神の子じゃないわけだな。神は怒るぜ。神はそういうことが大嫌いなんだ。旧約聖書にもそういう場面があるだろう」

「そうかしらねえ——」

鶯谷《うぐいすだに》。

羽二重団子を喰べ、笹乃雪で豆腐を喰べた。舗装道路を歩いているうち、荒物屋をみつけ、店先にあったはたきを手にとった。

「あたし、これ探してたのよ。——あら、これなァに」

籐《とう》でできている平たい棒の先に丸い輪ができている。手にとってみると、布団たたき、と書いてある。

「さすが下町《ダウンタウン》にくるとこういう物売ってるのねえ。東京って、生活に必要な物をどこにも売ってないなァと思ってたけど」

上野。

アンの希望で、西郷隆盛の銅像を見に上野の山にあがった。どうも昨日今日と、階段を昇り降りして日が暮れる感じ。銅像前のベンチでしばらく横になる。

「案外（銅像が）小さいのね。そうすると鎌倉の大仏は、大きいわけね」

歩いてアメ横を通って御徒町《おかちまち》へ。どこからきいた情報かしらぬが、上野のパチンコは格調があるのだそうで、パチンコ狂のアン、熱望。二人で入って挑戦したが惨敗。

「さすが、上野ね」

御徒町、秋葉原、神田。

「秋葉原の駅というのは俺の子供のときから立体的でね、上の総武線のホームに居ると眼がくらくらしたものだ」

「山手線は河を渡らないのね」

「そうだな。小さい河は埋めちゃったからね」

「隅田川は？」

「隅田川は渡らない」

「東京の隅っこを流れてるの」

「いや、そうでもないんだが、渡らないんだ。隅田川は下町《ダウンタウン》の中央を流れてるんだ」

「ロンドンも、河を渡ると下町《ダウンタウン》なの。東京はロンドンと似てるわね。電車が発達している点もそうね。ニューヨークは誰も地下鉄なんかに乗らない。また汚なくて乗れたものじゃないの」

東京。

「大手町側から見ると、駅舎がいいわね」

有楽町、新橋。

「銀座を知ってる?」

「部分的には知ってるけど、まだ本当に歩いたことはないわ」

「印象はどう?」

「スーパーゴージャスね。ネオンサインすごい。これは皆いうわね。昔一緒に来たロンドンの友達が、銀座であん蜜パフェを喰べて感激してね、スーパーゴージャスっていったわ」

「戦争前は銀ブラって言葉があってね、銀座をブラつく、本通りは高級商店や喫茶店が並んでいて、ちょうどシャンゼリゼェみたいな通りだったんだ。戦争後は酒場の街になったね」

「横に並んでるだけじゃなくて、縦にも並んでるのね。酒場だけのビルがあって。——でもアン、電通に行ってたから知ってるけど、昼間はけっこう事務所があるのよ」

「昼間と夜が、がらっと変るわけだな」

「撮影所で働いていた頃、七十人ぐらいのロケ隊で来てね、はとバスの夜の観光コースというので、赤坂のゴールデン月世界に寄ったの。入口にホステスがたくさん並んでいてね、胸に大きな番号札をつけてるのよ。みんな外国人ばかりだから、なんだろう、コンテストだろうか、なんてガヤガヤいってたの。はとバスの席にもホステスが来たんだけどね、しばらく坐ってると、ピッピッピッピイって音がして、ホステスの番号札の下の部分に灯が点滅するの。呼び出しのサインなのね。ショーなんかより、そういうところに、皆びっくりしてね、スーパーゴージャスだなって」

浜松町。

田町寄りに小便小僧が立っていて、これは最初裸のままだったけれど、ある時、どこかの娘さんが帽子をかぶせてくれた。それ以来、たくさんの人が衣裳《いしょう》を持ってきてくれるそうである。何かの行事があると、その行事にちなんだ衣服を身につける。

「この向うはすぐ海だったんだけどね、この頃は埋立地ができて、そこを羽田空港行きのモノレールが走ってる」

田町。

「ここも新開地みたいな感じね」

「すぐそばの台地は、高級住宅地なんだがね」

「ここも下町《ダウンタウン》なの？」

「下町《ダウンタウン》とはいわないがね。昔ふうにいえば、街道沿いの町だ」

「慶応大学があるんでしょ」

「いつだったか、高輪から田町へ抜ける道を歩いたんだ。下駄をはいてね。それで気がついたんだが、下駄というのは泥道を歩くためのものだね。舗装道路の、特に情緒の乏しい町を歩いてると、頭にひびくし、足は痛くなるし、下駄はもう亡びるね」

「鼻緒っていうのかしら、指が痛いでしょう」

「いや、あそこは痛くない。柔らかいから。踵《かかと》が痛くなる。それに、固い道じゃ音が響きすぎるよ」

品川。

もう暗くなってきた。ぽつぽつぽーつぽつ、というテンポだと、山手線一周もなかなかの大旅行なのである。この界隈《かいわい》にはいいホテルがいくつかあるので、そこに行ってへたりこんでしまいたいが、アンの御亭主に、今夜帰宅すると告げてしまった。

考えてみると、人妻を誘って、旅に出るとはいってもつい眼と鼻の先をうろうろして、しかもホテルへ泊っているということのへんの事情を、どういうぐあいに説明したらよいのか。この世の中は説明しがたいことが多いけれども、この件は、だからといって説明しないわけにいかない。

遊んでしまった子供が、帰宅する頃になって急に不安をおぼえるという、あの心境にだんだんなってくる。

「品川という所は、なんで有名なの」

「なんでって、東海道の最初の宿場かな」

「今は――?」

「今は、なんだろう。田端と好一対の乗換駅だが、不思議に貫禄があるみたいだね」

「わかった。山手線の起点だからじゃない」

「さあ、そういうことはあまり意識しないけどな」

大崎。

「山手線に珍しく淋しい駅ね」

「不思議だね。みんな画一的になってしまっているのに、ここは昔の駅の感じだ」

「昔って、師匠《シヨウ》の子供の頃はこんなふうだったの」

「いや、つい二十年前ぐらいまでは、多くの駅が、ネオンきらきらじゃなかったよ」

「その頃の山手線で、ぐるぐる廻ってみたかったわ」

五反田。

「ほうら、またネオンきらきらになってきたろう」

「ここもターミナルなのね」

「五反田というと、池袋をミニチュアにしたような卑俗な町という印象があったんだけど、今はなかなか堂々としているね。特に駅前の感じなんか」

昔、五反田は私たちにとって、中野新橋、略してナカシンという一帯とともに、面白いことが転がっている町であった。私たちといっても、街のグレ公の世界でのことだったかもしれないが。

駅の外側を目黒川という小さい河が流れており、その一帯の一部に戦後のヤミ市的ムードが長く残っており、呑む打つ買う、それにクスリ、なんでも手に入った。そのことを細かく思い出していくと、又この地に居坐りたくなってくる。

「そうだ、師匠《ショウ》、今度の旅は、ギャンブルがないわね。珍しく、その気があんまり無いみたい」

「もう年齢《とし》だからね。オープンのギャンブルだけにしようよ。地下賭場《アングラとば》は知らないということにしておこう」

「信じられないわね」

「正直いって、疲れたんだ。顔を見てごらん。げっそりやつれて、骨と皮だ」

「じゃァ、タクシーをとめて帰りましょうか」

「いや、やる。ここまでたどりついて、やめられますか」

目黒。

「目黒は美人、目白は――」

「まだいってるのね」

「目黒で美人を追っかけたことがあるんだ。まだ焼跡がいっぱいあった頃だよ。夜だったけど、バスなんかほとんど無いから、皆、夜道を歩くんだ。その美人は三十分近くも歩いて、ブリキ屋の二階に入っていった」

「師匠《シヨウ》も三十分近く追っていったのね」

「家が無い頃だったから、ブリキ屋の二階だって、お姫さまが居たんだ。鷹番町《たかばん》というところだったんだがね。今でも、鷹番町ときくと、ぶるぶるっとくる」

「五反田とはえらいちがいね」

「えらいちがいだ。個人の印象なんてそんなもんだね。鷹番町、なんとなくお高祖頭巾《こそ》かなにかかぶった女が、こっそり夜の町を歩いているような印象だろう」

「よくわからない」

「次は恵比寿か。疲れたな」

「疲れないけど、もう、廻った駅をほとんどおぼえていないわ。頭の中がチカチカして、ただ、大きくぐるぐるッと廻った感じ」

恵比寿の次が渋谷。渋谷という盛り場がまたなんとも雑多なところで、すべて二流の上であろう。そうして、我が家。我が家というところがまた——。

ニューヨークの縁の下

夏は、灼熱《しやくねつ》地獄。冬はまた、酷寒零下で凍りつく。それじゃ春秋はどうかというに、春は、〽四月の雨《エイプリル・シャワー》は花の蕾《つぼみ》を撒《ま》き散らす、という唄があるくらいで、ドカドカ雨が降る。秋だって、これまた、九月の雨《セプテンバー・イン・ザ・レイン》、といって、シャワーほど烈しくはないが、シトシト冷雨。日本に居てちらちら新聞を散見するだけでも、やれ水枯れ、それ大寒波、ニューヨークというところは、毎年、自然条件にたたられているように見える。

ミセス・アンは、現在の国籍こそ日本だが、体質的にも意識のうえでも、アメリカやイギリスを自分の国土乃至《ないし》故郷と思ってるようで、私が西欧をけなすと実に口惜《くや》しそうな顔をするけれど、その彼女すら、ニューヨークの気候については讃美《さんび》しない。

ところが、私たちがケネディ空港に着いた日、この地は雲片ひとつない日本晴れ、というういかたはおかしいが、うらうらと、おだやかな好日和であった。

「ああそうだ、思いだしたわ。〝秋になったらニューヨークへ帰ろう《ゲット・バック・トゥ・ニューヨーク・イン・オータム》〟って言葉があったわ」

「秋は冷雨だろう」

「九月の終りから十月のはじめ、ほんの何日かってところだけど、上天気が続くのよ。湿気も消えて、一年じゅうで一番いい季節になるのね。その頃に合わせて人も帰ってくるし、街の通りも活気づくの」

「じゃァ我々は、偶然、タイムリーに来合せたわけだ」

「そう。役満の手が入ったようなものね」

「へええ、そのくらいの確率かな」

「もうすぐまた雨になるわ。それに風が吹きだしてね。それはもうひどい風。それで、すぐに冬。風はね、四季を通じてといっていいくらいなんだけど、高層ビルのおかげで人工風ができて、マンハッタンじゅうを吹き荒れるの。新聞紙が、ビルの何十階という高さにまで舞いあがってくるわ。夕刊を見たかったら、窓の外に視線を向ければ、窓に夕刊が張りついている、という笑い話があるの」

「それではとりあえず感謝しよう。この天気に」

私たちのタクシーが、イースト・リヴァーにかかった長い橋を渡りだすと、対岸の、洲《す》のような小さな島マンハッタンが全望される。摩天楼の島である。針ねずみの背中のようにぎっしりと生え揃《そろ》っている高層ビル。この島は堅牢《けんろう》な岩盤でできていて、だからどれほどビルのラッシュになろうとビクともしないのだそうであるが。

「ははン、という感じだな」

「異様でしょ。こんな小さな下町《ダウンタウン》に、ニューヨークの、というよりアメリカの機能がいっせいに詰めかけちゃったんだから」

「レヴューやショーの舞台の背景に、よく摩天楼が出てくるんだ。俺は子供のときから、戦争をはさんで、実によく泥絵具の摩天楼を眺めてるのね。それは、富というか、キラキラ輝いたものを眺める快さなんだ。ところが泥絵具じゃない現実の方の眺めは、グロテスク。今さらながら、俺はなんでもレヴュー化されたものを見て育ってきたんだなと思う」

縦横十文字の数字のついた通りを次々に走り抜けていくと、櫛《くし》の歯のごとく並んでいるはずの高層ビルの間に、低い建物やパーキングのための空地などがけっこうあり、うす汚なく安っぽい。それも当り前のことで、ニューヨークばかりでなく、パリもロンドンもローマも東京も、みなそれぞれにうす汚れているが、人間が大勢集まってごちゃごちゃとうごめいているところがうす汚れないわけはない。また、空気がよさそうに見える平原や山林だって、それぞれ自然流にうす汚れているはずである。

だからうす汚れていて平気かというと、いや、それはやっぱり汚れていない方がよろしい。ただ、現実にそういうところがどこにも見当らないだけの話である。

ホテル・アメリカーナのフロントは、人で溢《あふ》れていた。〝秋になったらニューヨークに行こう〟である。団体客のラッシュ。それも圧倒的に黒人が多い。黒い肌のご婦人たちが、連合いが部屋の交渉をしている間、三々五々談笑している。彼女たちは、中産階級の主婦によく見られる、ゆとりや飾りの表情がもうできあがっている。

ミセス・アンが混雑を縫うようにして、部屋を定めてきた。特別上等な部屋とはいえなかったが、窓から、摩天楼やセントラル公園《パーク》の緑が眺められる。

窓辺でアンが大きく深呼吸して、

「ああ、ニューヨーク――!」

といった。

「あたし、このホテルの裏側のボロアパートに居たことがあるのよ。社会福祉なんかの老人が多く住んでいてね。冷蔵庫なんかないから、冬は、ミルクやチーズを窓の外に出しておくのよ。そうするとガチガチに凍って腐らないの」

「ホテルとは道ひとつなんだけど、エスカレーターやビュッフェが透けて見えるし、バニーガールがお客の間を立ち働いてるの。それがいつも窓から見えるんだから、ああ無情ね。こっちは電気もつかないし。コーヒー一杯のお湯を沸かすんでもね、廊下へ出て、鉄鏝《てつごて》についてるコードを差しこんで電気を通し、熱くなってきたら鏝をカップの水の中につけるのね。それでやっと一杯分のお湯ができるの」

「もう死にかけてるような年寄が――」とアンは一人でしゃべった。「そうやって長い時間かけて一杯のコーヒーを呑むのよ。隣室に居たお婆さんは、カリフォルニアに娘が嫁いでるんだけど、遠くて行かれないんだって。アメリカは広いしねえ――」

「あたしも、マウイ育ちの田舎娘が、はじめて大都会に出てきて、経済的に一番辛かった頃ね。

ニューヨークへ来ると、あの頃の気分がすぐに復活してくるの」

私は上衣《うわぎ》を脱ぎ捨てたまま、ベッドに転がっていた。

ズキン、と後頭部がしびれるような軽いショックを感じる。

アンの一人おしゃべりははっきり耳にきこえているけれど、私は沈黙したまま、眼をつぶってじっとしていた。ついそこの、窓の外あたりまで、何かの気配がやってきている。それはいつものことで、私の持病のナルコレプシーの発作の前段階だということもよくわかっているつもりである。

ズキン、ズキン、後頭部に感じるショックが頻繁《ひんぱん》になってきて、おぞましい気配がすぐそばに近づいていることがわかる。そうして身体《からだ》が金しばりにあったように動かない。そのくせ神経だけはざわざわと触角を伸ばしているようだ。

何も見えないし、何を感じたわけでもないけれども、ひどく怖い。特別何もおこらないというそのことが怖い。これも、いつものことであって、その手順までちゃんと承知しているが、わかっていたって怖いものは怖い。

不意に、頭がベッドの上で烈しくバウンドする。ベッドの中で暴力的な気配が頭をひっぱっている。ああ、烈しいぞ、と思う。これは、発作としては大きい方だ。

「アン、いけねえ、例の奴だよ」

このところ疲労が重なっているので、この種の発作はそういうときに烈しくなる。もろもろのおぞましい生理現象を、平生は身体が力で制圧しているのに、体力が弱まったときはそのバランスがとりきれなくなるのだ。

「薬をとっておくれ、アン」

しかし、アンは動く気配がない。

頭がベッドの中でぐらぐらバウンドしている。そうして溶けそうに痛い。

大きな禿《は》げ頭のような物を胸のあたりで抱えて、私は格闘していた。

それから、嵌《は》めこみダンスとその横の屏風《びようぶ》にかかった洋服が、ゆらゆらとこちらに傾《かし》いだ。私の眼に映っているのは東京の私の生家の部屋の風景で、傾いだ洋服の両腕がぶらぶら揺れている。

「アン、薬——！」

私は努めて大きな声を出した。けれどもアンは、笑みを含んだのんびりした声音であいかわらずなにかしゃべっている。

どうしてだろう。どうしてアンは発作止めの薬を持ってきてくれないんだろう。薬はちゃんと上衣のポケットに入っているのを、彼女も知っているはずなのに。

きっと、軽い発作だと思って、それほど気にとめてないのにちがいない。

やれやれ。しかしこれじゃァ発作が全巻おさまるまで、こうやってもがいていなければならない。

含むような笑い声をチラリ聞いたように思う。

「薬、薬——」と私は連呼した。

「アン、お願いだから——」と懇願もした。

何をしゃべってるのかよくわからないが、アンの話し声がゆったりしたテンポに変っている。

ひょひょひょひょ、と笑ったりする。

何の病気でもその病人以外に苦しさは本当にはわからないという。生来ひよわなアンにしてそうなのだろうか。いや、アンだって、私の発作を笑っているのではないか。

ふだん、発作のたびにいろいろな失敗をすると、そのたびに皆が笑う。私も、逆に笑い話にして、我がことながら皆の仲間入りして笑うのだが、他意なく笑ってくれてるように見えても、健康人たちの笑いはやっぱり対岸の火事を見て笑う式のものであろう。カミさんだってそうだ。私が動けないのを知ると、急に何か想念をふくらませるのだ。そうしてわずかな時間ではあるけれど、無力化した私に満足して、じっとこちらを眺めているのだ。それは快感ではあろうけれど、アン、君までそんなふうにからかわないでおくれ。

私の顔に、細かい粉のようなものが、パラパラと振りかかってきた。あ、あのパターンか、と思う。そうして戦慄《せんりつ》する。粉のようなものが徐々に増えてくる。それは小さな蚊で、まもなくあたりの空気を埋めるのです。

アンが立ちあがる気配がしました。からかってはいても、とにかくアンで、薬さえ持ってきてくれれば、いうことなし。

ところが、彼女はこちらに来ないで、また窓辺の椅子の方に戻ってしまうのである。

そのときは、あたりを飛び交う蚊の大軍で粉地獄のようになっており、息を吸えば鼻も口も蚊で埋まる。だから息ができない。それでも悶《もだ》えながらわずかに吸い吐きするたびに眼の前の粉が大きく揺れる。

私はカッと熱くなっていた。アンを恨み、発作を呪《のろ》い、説明すればそういう感情の積み重なりだったけれど、実際には、ただもう猛々《たけだけ》しく、凶々《まがまが》しい衝動の塊だった。

関節に力が入らず鉛のように重い身体をおこして、ふらふらと立ちあがった。

アンが、それではじめて、私の方にやってきた。私はそれを、からかいの表情を捨て去って何喰わぬ顔でやってきたと思った。

いきなり、パーン、と殴った。

それは私自身がおどろくほど見事に当ってしまった。アンが何か叫びながら崩折れた。

「薬——!」

とわめいた。

両膝《ひざ》を突いたまま、アンが私の上衣ににじり寄ってポケットを探した。

「そっちのポケットだ——」

そんなことをいったようにも思う。アンから錠剤を渡されたとき、私は八分どおり意識が戻っていた。

とりあえず、洗面所に行って錠剤を呑んだ。私は、私の顔を鏡にうつした。大変な旅になってしまった、と思った。

アンは頬を押えながら窓辺の椅子に坐っていた。

「ごめんよ、アン——」

私はそれだけ、やっといい、片手で拝むような形をした。そうしてベッドにもたれこんだ。

「発作が苦しかったものだから——」

「いきなりなんでびっくりしたわ。ああ痛い。でも、発作が来てるらしいな、とは、さっきから思っていたの」

「うん——」

「アンを殴ったんじゃない。お化けを殴ったんですものね、仕方がないわ」

発作の間、私が叫んだりしていたことは、私の意識だけで、すべて形になっていないのだ、ということはそのとき私にもすでにわかってきていた。現実には私はただ寝転がっているだけなのだから、アンが薬を持ってきてくれるわけはないのである。

私にすれば、あれほど根かぎり叫んだり、悶えたりしていたことが、なんにも形になっていないのでは、どうすればよいのかという思いが残るのであるが。

けれども、以前にも、元女房即《すなわ》ち現女房に対して、発作時に、やはり同じように反応が得られずに恨んだことが一再ならずあるのである。

そのときは手をあげるに至らなかった。他人を殴るなんてことは、敗戦前後以来三十年ぶりである。

「アン、父親にも殴られなかったし、トシにも殴らせない。師匠《シヨウ》に一発喰うとは思わなかった――」

「うん――」

「部屋の中でよかったわ。戸外だったら、アメリカは大変よ。アンがいくら説明したって街の人は信じないわ。総殴りに会ったわねえ」

「本当だなァ」

私はアンを正視できずに、ベッドにうつ伏せになっていた。

「でも、師匠《シヨウ》、疲れてるのよ。それがすべてよ――。この半年ほど、師匠《シヨウ》がどれほど大変だったか、アンは残らず知ってるもの。だから師匠《シヨウ》がかわいそう――」

たしかに私は、この地に飛んでくる直前も、日本を留守にする間の仕事を片づけるために三日ほどほとんど寝ていなかった。その前だって、いろいろの事情が重なって、半年ほどは昼夜兼行だった。お酒も、三月に二回ぐらいしか呑んでいない。すべて自分の力を超えたことばかりにぶつかって、ただおろおろ仕事にとりついていただけだ。しかも、甘えて口外すべきことではないが、発作をともなう持病というハンデを背負いながらである。この持病は通常人の四倍の疲労感を得るといわれている。

けれども私は私で、べつのことを考えていた。なんであろうと、この被害妄想《もうそう》、この抑制の無さ、これはもう錯乱の半歩手前であって、病気がまた一歩前進した感を禁じえない。神経病は精神病とは根本的にちがうといわれるが、治癒《ちゆ》の方策がたっていない点では同じことで、こうやって一歩一歩荒廃していき、人間失格をしていくのであろう。

それを思えば暗澹《あんたん》となる。暗澹とはなるけれども、仕事をやめるわけにもいかないし、生活を変えるのもたやすくない。錯乱を抱きこみながら、なんとかごまかしごまかし生きついでいくほかはない。睡眠発作症《ナルコレプシー》、私がもう長いこと馴染《なじ》み合い、私の生き方を大きく律してきた病気であるが、しかし、これははたして、病気なのであろうか。

ニューヨークの街を歩いていると、道路の隅の方にかすかな穴がぽつぽつとあいていて、そこから蒸気が噴出している光景をよく見かける。

高層ビルはそれぞれボイラー室を地下に持っていて、館内の温度調整その他に使っているのだそうであるが、その蒸気のほとんどは地下の下水道に流し捨てられる。

ところで、ペット動物を飼うことは日本でもさかんであるけれど、土地の広さや住居の条件があって日本では圧倒的に小型屋内犬か猫が多い。アメリカではそれがもう少し多種多様で、さすがに象という話はきかないが、猛獣を飼っている話はおりおり雑誌などで見かける。カリフォルニアあたりの自邸の庭で、首に紐《ひも》をつけたライオンにまたがっている娘さんの写真を見て首をひねった記憶もある。

しかしマンハッタンあたりではそうもいかないらしくて、空間をさほど必要としないものになる。変ったところでは、子鰐《こわに》や蛇である。私は爬虫類《はちゆう》がどうも苦手で、そういうことは考えたくもないが、子鰐のペットは日本でもわりに流行したことがあった。

ペットだから、赤ン坊のうちは可愛らしいかもしれないが、大きくなれば処置に窮する。ペットにするときは先のことは考えない。日本ではああいうペット動物の行く末はどうなるのだろうか。

ニューヨークの高層ビルの中で飼われたペットたちは、水洗便所に捨てられるのだという。暮夜、ひそかに、半分成長した鰐を、便器の中に突っこんで蓋をし、水洗のコックを、ジャーッ、とひねる図を想像すると、なかなか迫力がある。過ぐる日、デパートなどでひょいと起した好奇心や出来心を、つまりは排泄《はいせつ》してしまうわけであるが、人々にとって、特に子供たちにとって、なんとなく記憶から消えがたい一景になるのではあるまいか。

「捨てようとして始末するというケースばかりじゃないでしょうね。ペットの方で逃げだして、下水道にもぐりこんでしまう、ということもあるわよね」とアンがいった。

「いずれにしろ子鰐か子蛇だな。大きいのはつっかえてしまうだろう」

「のそのそしてるうちに、マンホールから入りこむのも居るでしょう」

「うん。そういうところを見つける神経は、人間よりは発達していそうだからな」

「捨てそこなったらどうするの。動物園はそんなにたくさんひきとれないわね」

「皮屋さんかな」

「白衣を着た市の人が来て注射するのかしら」

いずれにしろ、それはニューヨークに限ったことではない。しかし、ニューヨークでは地下のボイラー室の蒸気が流し捨てられているので、妙なことになったのである。

縦横に張りめぐらされた大きな地下の下水道が、捨てられたペットたちのかっこうな居住地区になったのである。

なにしろ、蒸気であったかい。気温的にはペット時代よりも彼等の体質に合う。陽はささないし、まっ暗だが、この点はそれほど痛痒《つうよう》を感じるまい。

下水道は水で満々としているわけではない。上部は空気の層がある。洗剤やら汚水やら、健康を害する条件もまた多いが、それは、ゴキブリの例を思いだすまでもなく、抵抗力がついてくる。屑《くず》でよければ喰《た》べ物もどっさりある。

それよりも何よりも、下水道には人間という兇悪《きようあく》な動物が居ないのがよろしい。

それで彼等はこの地中王国で伸び伸びとふるまいだした。といっても、平和裡《り》に、というわけにはいかなかったろうが、闘争をくりかえしながら、おのおの自分の立場や居場所のようなものを造っていったのであろう。

しばらく前から、下水道を点検しにマンホールから潜入する工夫たちに頻々《ひんぴん》と事故が発生しだしたが、最初はなんのことやらわからなかった。

地下の下水道は紆余《うよ》曲折しながら、多分、河に流れこんでいるのであろう。下水道が河に流れこむ出口のところに、太い木組が張られていて大きな浮遊物をせきとめるようになっている。

そこに鰐や蛇の死体がたまる。出口を掃除する係りの人が、大きな蛇や鰐の死体が溜《た》まってしようがない、という報告をした。

それ等はいずれも大きく育っていたため、なかなか、ペットの育った姿だということがわからなかった。大鰐や大蛇がどこから発生したのか理由がつかめない。

けれども、ペットたちが中で育ち、さらに繁殖しているようだ、ということになってみると、早速、そのための業者が動員されて、マンホールの蓋が厚く重たいものと換えられた。そうして、以前は把手《とつて》で簡単にあけられたものが、螺旋《らせん》状の鉄ねじになった。

もっとも彼等は、そういう人里に近いところには出ようとしないのである。べつに彼等の知性がそうさせているわけではなくて、温度の高い深部にとぐろを巻いて居坐っているだけなのであろう。蛇などは、河に面した排水口から、木組をくぐって脱出できるわけだが、これも同じ温度の関係で、そっちへ近づこうとしない。

まあ、うまくできているのである。

そうしてまた、市当局も、彼等を退治撲滅する対策が立たない。水道管も同じところを通っているし、下水が河に流れこむことを考えると、毒薬を撒布《さんぷ》することもできない。

「そうすると、水道管の中にも、にょろにょろのそのそしていることも考えられるのかね」

「どうかしら――」

「ニューヨーク市民は鰐の小便を呑んでるのか」

「下水は水道に流れこまないわよ。水道管と下水管はちがうの」

「だって、最初は下水管の中で生存しはじめたのだろう。それが管の外、つまり下水溝《こう》に出てきている可能性が強くなった。マンホールの蓋を直したくらいだからね。管の中から外に出てきたのなら、水道管のどこかの部分から中に入りこむこともありうる」

「いくらでも考えることは自由よ。でも考えたってしょうがないじゃない」

「そりゃまァ、しょうがない。——ニューヨークも、俺と同じだな。グロテスクでいびつなものを体内に沈潜させている。一度、発作がおこると——」

「よしましょうよ。そんなことを考えるのは——」

ずっと以前、ニューヨークの地下のそのそ王国のことは、日本の新聞にも面白い豆記事になって載っていた。そのとき、私は象徴的なエピソードのような受けとり方をしたのだが、実際には、市民たちにとって常識的事実で、道路の隅に噴出している蒸気（それは外の気温が低いために湯気になっているので、それほど高温ではないらしかったが）を、誰しもが複雑な表情で眺めているようだった。

とにかく、今日、爬虫類のペットを飼う者は影をひそめた。したがって捨てる者も居ない。それなのに、地下のそのそ王国は大健在で、ますます発展する傾向にあるという。

昼間はうららかだったが、夜になると相当に肌寒い。しばらく仮眠したあと、私たちは気をとり直して飯を喰いに出かけた。

「音楽をきこうよ」と私はいった。「こんなときは音楽に限るよ。ねえ、アン」

「そうね」

アンは私に殴られた左頰の下、顎《あご》のあたりの筋が突っ張ってしまい、反対側の右のリンパ腺《せん》が腫《は》れてきたという。意識がたしかなときならば、たとえ殴ったとしてもどこかで抑制が働いて力を加減したりするものだが、なにしろ錯乱の行為だからありったけの力を出している。これがまたもろに当ってしまったのだから、たまらないのである。

日曜日で、ディスコもライブハウスもほとんど閉店《クローズ》している。ガイドブックを眺めてもやっていそうなのは二三軒。

ジミー・ライアンという店に、マックス・カミンスキイ出演と記してある。

「こりゃァ古い人が出てるなァ。ディキシーランドジャズだ」

アンはある意味でジャズは私などよりくわしいが、古い人のことは知らない。

「じゃ、そこへ行きましょう」

タクシーを停めて、アンが通りの名と番地らしきものをいう。老運転手が、深くうなずいた。

そうしてたちまち私たちにしゃべりかけた。

「私はチェコ人だがね、もう移民して三十年になる。けど、英語がいまだにうまくならんよ」

三十年前といえば第二次大戦が終った頃だな、と私はアンにささやいた。

「カミさんとはチェコ語だしね、だがチェコに帰りたいってわけじゃないぜ。戦争のあと、土地も財産もとられて、コミュニストたちに追い払われたんだから。ニューヨークも素寒貧にゃ不自由な街だが、まだましさ」

街角をぐるぐる曲って、なんだか似たような名の店についた。ここはちがう、とアンがいい、そうだ、ちがうな、と運ちゃんもいった。

「私たちはね、親戚《しんせき》が、ノルウェーやフランスやルーマニアや、いろんなところに居てさかんに往来《ゆきき》したもんだ。だからロシア語、ドイツ語、フランス語、なんでもできるんだぜ、ホラ――」

老運ちゃんは、ラ・マルセイエズの一節を唄った。

「だがね、息子たちは英語しか知らない。ヨーロッパの言葉なんてものは、誰も使わないんだ――」

ジミー・ライアンの店、それからシカゴジャズでおなじみのエディ・コンドンの店も並びにある。ところが、これが翌日気がついたのだがホテル・アメリカーナと眼と鼻の所であった。

老チェコ運ちゃんは道をまちがえたふりでぐるぐる廻ってメーター代を稼《かせ》ぎ、その際なんとなく気がさして、ごちゃごちゃとおしゃべりをしたらしい。いいのである。狡猾《こうかつ》といえどもそのあたりに滋味掬《きく》すべき味わいがある。私は自分が錯乱したものだから、他人をもやたらに許しまくっている。

マックス・カミンスキイ氏のバンドは、彼のコルネットの他《ほか》にトロンボーン、クラリネットと管楽器三本、ピアノにドラムス。この編成でもわかるように古色蒼然《そうぜん》だが、もちろんディキシーは古色を売り物にしているのだから、一見して筋のとおったバンドといわざるをえない。

カミンスキイは非常に背の低いお爺さんだった。学校の先生のような風貌《ふうぼう》で、古い仕立てのごわごわした三つ揃いを着ている。プレイには、唄心も香りも欠けていたが、しかし音楽が好きで、長年一途《いちず》にやってきたらしい感じが悪くない。他のプレイヤーのソロパートになると、

「拍手をお願いします」

といって自分も手を叩く。その仕草も長年やっているのに不器用だという感じがあってそれがお人柄になっている。

トロンボーンは対照的に長身のいかつい老人で、これは手なれた技術で適当におつきあいをしている感じ。自分のソロパートがすむと楽器をおいて何度でもトイレに行く。外から風が吹きこんできて冷えるのである。しかも何度行っても先客があって小用を足せずに引き返してくる。カミンスキイ氏がそれを真面目な表情でじっと見ている。

ピアノは老練だったが、クラリネットとドラムスはやや若く、あきらかにウイークポイント

になっていた。演奏中に手を休めている折、カミンスキイ氏は隣のクラリネットに注意や激励を与えている様子である。

クラリネットはまたそれを、小腰をかがめるような態度で拝聴しているようで、愛想笑いなど浮べながら深く頷《うなず》いたりしている。まことにジャズマンらしくなくて、これではいい音が出るわけはないと思える。

「ひょっとしたら、カミンスキイさんの息子かもしれないわね」

「息子なら、愛想笑いなんかするものか。カミン氏の家に習いに来ているんだ」

「もう中年よ」

「中年で志をたてたんだ」

「妙な人ね」

「将来性もないし、どうにもならんが、しかしかわいくて手放せないんだ。馬鹿な子ほどかわいいという――」

「でも、きっとあの人、いい人よ」

「涙ぐましい師弟だな」

ローヤルガーデンブルース、ジャズバンドボール、インディアナ、マウスクラットランブル――、スタンダードを四五曲やってワンステージを終る。演奏自体は、うそさむい風が吹き抜けるような感じであったが、私はこのバンドを非常に気にいった。

そばを通りかかったカミンスキイ氏にアンが拍手を送った。

「どうも。——お楽しみいただけましたか」

「ええ、とっても。あたしの好きな曲をやっていただいて嬉しかったわ。インディアナを」

「それはよかった。貴方《あなた》がたは、ジャプニーズ？」

「はい。ホテルに部屋をとって、まっすぐここへ来たんです」

「イズ・ザット・ライト——！（本当かい！）」

貴方は日本でも知られていますよ、レコードも出てるし、という私のセリフをアンが英語でいった。

「そうですか、日本には一昨年、演奏で行きました。ところでねえ貴方——」

とカミンスキイ氏はちょこちょことステージに駆けあがって、飾ってあったレコードを持ってきた。

「私の最高のお客として、これをお買い願えませんか。私のベストレコードです。十ドルで結構ですが」

「どうします——？」とアン。

「もちろんですとも、いただきますよ」

何であろうと、一度入場した以上、喜んでタニマチになるのが遊びである。

私たちはレコードを抱えて外に出た。エディ・コンドンのお店からもジャズがきこえる。どうやらこちらは黒人《くろ》っぽい音だ。

「俺、背の低い人って、好きさ」

「でもあの人、売りつけてきても卑しくないわね。俺には音楽しかないんだからって顔して」

ガイドブックを見ると翌《あく》る晩は、ロイ・エルドリッジの一党が出演とあるので、ジミー・ライアンの店にまた顔を出すと、なんとその晩もカミンスキイ氏がやっているのである。

「ロイは水曜の晩に出る」

とボーイがいう。とにかく入ってしまったものはしようがないので、水割りを一杯呑んだ。カミン氏とトロンボーンの他は顔ぶれが変っていて、今夜の方が手駒が揃っているようだ。けれどもカミン氏はまったく同じ顔つきで、足拍子さえ実直そうに吹き終り、私たちの席に握手をしにきた。そうしてレコードを売りつける客を探して足早に卓の間を動き廻る。

カミン氏は、アデランスをかぶっているのではないかと、ふと思った。

翌日も快晴。

ノックがあって、アンが部屋に入ってきた。

「お早うございます。よく眠れた?」

「ああ――」

「眠れるだけ眠った方がいいわ。仕事のことなんか考えないで」

私は週刊誌の原稿を航空便で送るべく義務づけられていた。

「そうしよう。風邪もひきこんだらしいからね。昨夜うろうろしてるとき寒かった」

「疲れてるのよ。――ねえ、昨日、アンはお化けとまちがえられて殴られたんならいいんだけど――」

とアンはいった。

「もしかして、アンそのものに不満で、ふだんのその気持が発作のときに出たんじゃないかと思って。お化けを殴ったの、それともアンだと思って殴ったの、どっち?」

たしかに私はアンに腹を立てて殴った。しかしそれは妄想のせいで、アン本人とは関係のない理由である。

しかし、妄想にせよ、私の恨みの対象になったことを知ったら、アンは悲しむだろう。

一方また、元女房即ち現女房も、この一件を知ったら、あらたな嫉妬《しっと》の材料にするだろう。

お化けさ、といおうと思って口の先まで出かかったが、どうしてか私はいえなかった。

私は言葉を呑みこむようにして、ベッドの中にまた埋まりこんだ。

それで、いつのまにかまた寝てしまったらしい。

眼ざめてみると昼近かった。持病のために持続睡眠がきかない私としては、珍しくよく眠ったことになる。

私は隣室のアンを誘って、セントラル公園《パーク》への散歩を提案した。私が昼日中、なんの用事もなく街を歩くというのも珍しい。

「この公園はあまり鳥が居ないな」

「そうお、居るはずよ」

「雀をチラホラ見かけるくらいだ。ヨーロッパでは、ドイツもフランスも実に鳥が多かったな。季節にもよるのかしら」

「——あ、栗鼠《りす》——!」

栗鼠はひどく人なれしていて、どんぐりを拾い食べながら、観光客のカメラにちゃんとおさまっている。

「鼠ぎらいのアンが、栗鼠はべつなんだな」

「鼠と栗鼠じゃちがうわよ。第一、尻尾《しっぽ》が全然ちがう。かわいいわ」

方々のベンチに老人が腰をおろしていて放心している。アマチュアランナーがその前を駆け抜ける。それから、一見してわかる浮浪者。乞食《こじき》風から単なる宿なし風まで、これも相当に数が多い。

一方の広場では、サッカーやバドミントンに興じる一群の若者たち。

「誰にとっても貴重な日和でしょうね。もうすぐ風が吹き荒れるんだから」

「カミンスキイ氏に似てる人がベンチに居るね」

「彼は一応名もあるし、仕事を持ってるし、幸福な老人の部類でしょ」

「そうかな。屈託ありげだがね。ミュージシャンといってもなんだかむなしいだろう。深夜二時か三時頃、ぼくぼくと家に帰るときの顔つきが想像できるよ。一生、ジャズをやってきたけど、これでよかったと思っているかどうか」

「そりゃァ、誰にだっていえるんじゃないの」

「ああ。でもカミン氏はとにかく屈託を押えきって沈潜させたまま一生を終らんとしているね。職場じゃ放心も錯乱もしない。そこが魅力なんだな」

広場の一隅に、小規模な観客席があり、白髪の黒人がぽつんと坐っていた。陽光がスタンドの半分くらいに当っている。私はその陽当りの所に坐って、しばらく眠った。

眼をさましてみると、黒人の姿はもうない。アンがひっそりと私の隣に坐っている。そうして彼女は、涙っぽい表情になっている。

「ずうっと、ここに、ぼんやりしていてください——」

アンは、そういった。

「仕事も、いろんなことも、当分、忘れちゃってください——」

アンはそういって、一人で泣いた。

「師匠《シヨウ》を楽にしてあげたい。アンはいつも、アンの気持を神さまに訴えてるの。それなのに——。アンは神さまに叱られてるのかしら」

私は返答できないまま、公園の緑の向うに見える黒人街《ハレム》の新たに建て直したビルの群れを眺めていた。


その晩は黒人ミュージカルを見に行った。アンが要領よくホテルのフロントに交渉して、売切れ寸前の席を確保してくれたのだ。

題名は〃エイント・ミスビイヘヴン〃古い黒人芸人ファッツ・ウォーラーの足跡をショー仕立てにしたもので、ハンク・ジョーンズがピアノを弾いている。

出演者は全部で六名。その六名が交錯して唄い踊り、舞台は緊迫していたが、私はやはり、うたた寝したり眼をさまして舞台を眺めたりしていた。風邪薬を呑んだので、いつもの発作止めが呑めなかったからだ。

中休みになると、煙草を吸いたい者はぞろぞろと階段をおりて一階に行き、玄関から外に出て、街路で吸う。劇場には廊下や喫煙室などいっさい無いのである。劇場のために建物をつくるのではなく、ビルの中に劇場をはめこむのでこういう形になるのであろう。昨夜、タクシーで街を通ったときも、ところどころ黒山の人群れができていて、どうしたのかと思っていたが、あれはブロードウェイの劇場の休憩時間なのだった。

そういえば、有名なカーネギーホールも、レヴューのジーグフィルド劇場も、思いのほか小さくて、みすぼらしくさえある。

しかしショーは熱気に包まれて終り、私たちは口々にファッツ・ウォーラーの曲を口ずさみながら外に出た。この歌手兼ピアノ弾き兼作曲家の黒人は、私の中学一二年頃のアイドルの一人だった。

当時は太平洋戦争がはじまっていて、私はファッツばかりでなく私のアイドルたちのことを級友たちにも秘密にしなければならなかった。もっとも彼が活躍したのはもっと以前で、当時白人からピエロ扱いされていた黒人芸人の一人だったが、その風潮の中でよく、哀れを含んだシャレた曲を残した。ファッツというのはデブという意味よりも、大物という意味の方が強いのだ、と近年になって吉行さんに教わった。

この劇場の向いは、バーレスクや怪しげなエロ本屋などが並んでいて、場末の一隅だということがわかる。

〝ズムズム〟というホットドッグのチェーンの名を見て、アンがここへ入ろうといった。

こういう店は昼間はけっこう賑《にぎ》わうが、夜はよっぽどの銭なしか、孤立している人間であろう。

S字型のカウンターが波打っているが、さすがにガランとしている。私たち以外には、中年と初老の男客三人、女客二人。

アンはチーズバーガーにコーヒー。私はホットドッグ。

向いの白禿げがドイツなまりのある中年のウェイトレスをからかっている。

「コーヒーがぬるいよ。カップが冷たいからいけないんだ」

「嘘。カップはあたためてますよ」

「じゃ、まちがって冷えたカップに注いだんだ。入れ直して持ってこいよ」

「冗談じゃないわ。ミスするもんですか。こんなヒマなときに」

白禿げはおどけた視線で左右の客を見廻した。誰も笑わない。ウェイトレスは少し離れた中年の鼈甲《べっこう》眼鏡に、小声で、

「いやな奴、頭にきちゃうわ」

「相手になるなよ」

鼈甲眼鏡は日本でいえば、代書屋風か。ごわごわした頭髪がうまく寝ないで、そのため地肌が透けて見える。白禿げは運転手か。仕事の合間にちょいと飛びこんだ感じ。もう一人、熱心にパンケーキを頬張っている小柄な影のうすい男。

ウェイトレスが白禿げの前に新しいコーヒーカップを乱暴においた。

白禿げがそれをひと口すすって唸《うな》った。

「熱いカップに、ぬるいコーヒー！」

鼈甲眼鏡は正面を見つめたまま、パンケーキの方も白禿げを無視。

隅に並んだ二人の女性客の話声がだんだん高くなり、白禿げまで聞き耳をたてている。

二十七八ぐらいのショートカットが、少し年上のロングヘアーに質問している。二人は見知らぬ客同士だ。

「あんたはこの街の人？」

「カナディカから来て、今はヴィレッジに住んでるだけよ」

「何してるの？」

「オーディション受けてカンパニーに入るか、とにかく仕事に入る入口を探してるけど、もう三年以上ろくな仕事ないのよ」

それからロングヘアーは、カナディカでの幼い頃の話をぽつりぽつりするが、ショートカットはろくにきいてない。ついに、途中で相手の話の腰を折って、自分でしゃべりだした。

「ねえ、私の話きいてよ。私はヴァージニアだけど、町の名前いっても知らないわよ。小さい町だから。ハイスクールのあと、ニューヨークに出てきて、やっぱり何かチャンス欲しかったのね。何をしてもヴァージニアより週給いいことはたしかだものね」

「ニューヨークも、思ってた感じとはちがうしね、友だちのアパートに転げこんでるときに、ヨーロッパに行ってきた友だちの話をきいて、私もすぐその気になったの。今はどうかしらないけど、当時は二〇四ドルで、とにかくロンドンまでいけたし。わかるでしょう、そういう気持」

「それで何が起ったと思う。お金なくなっちゃって、仕方ないからオペアー（家政婦みたいなもの）になったのよ。ジャプニーズの家だったわ。どうかなと思ったけど案外に居心地いいのよね。十歳の男の子と、両親が居て、その男の子に英語教えたり。ジャプニーズのカップル、仲悪くてね、ミセスはまるで息子をケアーしないし、ミスターはほとんど家に居ない。半年たったら、その家族エチオピアに行くことになってね、私もその子のために一緒にきてくれっていわれたの」

「エチオピアや北アフリカをその家族と転々して、三年たったわ。最後はパリでその家族と別れて、どうしようかなと思ったけど、一カ月前くらいに、またタウン（ニューヨーク）に戻ってきちゃった。友だちはね、北アフリカまで行ったのはすごいとか、いろいろいわれるけど、今、タウンに居て、あたし、またはじめからやり直しよ。何やっていいのかわかんない。だからまだアパートも決めてないの。結婚する気もあんまりないけど、ヴァージニアに帰ればそれしかないかもね。貴女《あなた》、どうしたらいいと思う」

「でも貴女はいいじゃない。ジャプニーズとも知りあえて、知らない国にも住んだし、うらやましいわ」

「ああ、また皆と同じことというのね。そんなことなにさ。貴女、何も淋しくないの」

「まァね、だって、それいっても仕方ないじゃない」

ビルの横手の空地から、湯気が噴いている。地下のにょろにょろ王国から湧《わ》きあがる湯気である。

「蛇は蛇、鰐は鰐で、統制をとっているわけではあるまいから――」

「ああ、またその話――」

「混血児も生れてるだろうな。蛇鰐だの、鰐蛇だの、もっとへんな動物も生れていて、にょろにょろのそのそ、してるんだなァ。それで、そういうものがつい足の下にあると知りながら、皆、さりげなく静かに歩いている。えらいもんだなァ、そうやって生きるより仕方がないんだものなァ。何かの拍子に、にょろにょろのそのそが、いっせいに地上に這《は》い出してきたら、そんなことはおそらく無いね。このままずっと共存して、お互いにじわじわと荒廃していくんだ」

「だから誰もここには住みつきたがっていないわね。年を老《と》ったら南へ行って、農園かなにかで隠居したいと思ってるわ」

私たちは翌朝、ポートオーソリティのバスターミナルから、南へ行く長距離バスに乗った。バスの発着所もビルになっていて、四階から地上まで、すべり台のように傾斜した通路をバスがおりていき、マンハッタン島を抜けたところで本土のハイウエイに合わさる。

「真夜中のカーボーイって映画、このバスに乗って、マイアミを目ざすんじゃなかったかね」

「そうね。あの主人公、気候のいいマイアミで暮すのが夢で、相棒と一緒にやっとマイアミについたとたんに死んじゃうんだったわね」

私はバスの中で、アンを殴ったことをまた反芻《はんすう》していた。

ミセス・アンの夫も私の友人で、この男女二人の非常識なふうてん旅行を許してくれた友人のために、私はきびしく自分を律しているつもりだった。彼女とは手を握り合ったことすらない。師弟と称し、兄妹か親子の間柄を越えないように努めた。今までは、その線を守りとおしてきた。それは私たちだけが知っている。

けれども、アンを、ひょんなことで殴ってしまった。私の錯乱を彼女の前に投げだしてしまった。そのことで、いやおうなく、私たちの間柄は進展してしまったような気がする。私たちの中に沈潜されていた蛇鰐が、いっせいに地上に這いだしてきたとして、私たちはどう処せば道がひらけるだろうか。

フロリダ街道眠り狼《おおかみ》

ニューヨークのど真ン中の、ポートオーソリティのバスターミナルから、私たちは南に行く長距離バスに乗った。

乗客は、私とアンを含めてたった五人。終点のアトランティックシティまではたっぷり二時間、その間途中停車はしない。代金は一人六ドル。そうすると五人で貸切りのわけでバス会社は大赤字だろうが、こちらは快適で、そばに人が居ないというのがこのうえなくありがたい。

私とアンは後部座席を二人占めにしている。運転手のすぐうしろの席に中年のおばさんが二人。その二三列うしろにハンチングをかぶった背の高い黒人が居る。

「眠るといいわよ、たとえ二時間でもぐっすりとね」

「ああ、そうする――」と私はいった。「多分、眠るだろうが、ぐっすりとはどうかな」

「向うへついたら、どうせまた眠らないでしょう」

航空便で送る原稿があったため、私はその日もほとんど睡眠をとっていなかった。その仕事は特別疲れるものではなかったが、引きこんだ風邪がそのため抜けない。私はかなり咳《せ》いた。そうして、いつのまにかうっすらと眠り、咳《せき》のために意識をとり戻す。起きているでもなく寝ているでもない状態であって、いうならば半死半生である。生きろといわれても駄目、死ねといわれてもそういかない、まことに始末がわるい。

マンハッタン島から本土へ抜けるとすぐにニューヨーク郊外風景になり、いずこも同じ石油コンビナート式の工場がかたまっていたり、かと思うと大きな河があり、蒸気船といった恰好の船がのったり浮んでいたり、近代と牧歌が混じりあっているようなところを抜けると、雑木の森が続く。

うとうとの合間に眼をあけてみると、森の間に大小さまざまの沼のようなものが点在している。

「スワンプよ」

「沼か、池か――」

「でも大きいでしょう。日本だったら湖ね」

「まさか、日本がいくら狭くたって」

といっているうちにかなり大きいのが現われた。これは対岸が見えない。

「なるほど、これは大きい」

「日本の湖は水たまりみたいなものだものね。アン、富士山のそばの湖に行ったことがあるわよ」

「火口湖が多いからな、日本は」

「ああそうね、山の上にあるんですものね」

しかし、大きいのはいいが、周辺に人家も見えず、木立ちさえうつろな感じで、淋しい眺めである。

「なんだか、無用の長物みたいだな」

「そうね。あまり利用価値がないの。釣りとか、鳥打ちとか、まァそれくらいね。人も寄らないし、古い別荘なんかがぽつんとあって、そこに捨てられたような番人が居て——」

『陽のあたる場所』という映画があった。モンゴメリー・クリフトの貧書生が、貧しい恋人のシェリー・ウィンタースをスワンプに沈めて殺す。思いだしてみると、スワンプ風景は小説や映画によく出てくる。『拳銃の報酬』という映画はスワンプのそばの町の銀行を退職警官と復員失業者と黒人の三人組が襲う話であった。

時計を見るともう一時間余もたつが、風景が変らない。森と、スワンプのみ。

「人はどこに住んでるんだろう。ほとんど人家がないけれど。まさか国道筋を避けて奥に引っこんでいるわけじゃあるまい。それじゃなんのための国道かわからない」

「この国道は点から点へのためのもので、途中に人が居るからというためのものじゃないでしょう。住むといっても、電気も水もひかなきゃならないし」

「集落ができれば電気なんかすぐひけるさ。集落ができない理由があるんだ。不毛湿地帯なのかな」

「でも、南部にも中部にも二時間ぐらい、樹が繁茂するにまかせてあるところなんかざらよ」

「アメリカは広いというわけだな。効率のわるいところに住む必要はないんだ」

またうとうとしていると、

「ギャンブルしにいくのかい《アー・ユー・ゴーイング・トゥ・ベッツ》」

野太い声がきこえた。

最後部に小さな便所がついていて、超のっぽの黒人が背をかがめながらそこに行きかけたついでに声をかけてきたのだ。

「もちろん《シュアー》よ」

黒人は便所に入って、出てきてから、また私たちに笑顔を向けた。

「勝つ自信はあるかい《ユー・ビリーブ・トゥ・ゲット・ウイン》」

「あんたはどうなの《ハウ・アバウト・ユー》」

「神さまがついてるからな、俺は《ゴッド・ノウズ・ビリーブ・イン・ラック》」

「この人は日本で最高のギャンブラーですからね。ニュージャージーに出稼《でかせ》ぎにいくところなのよ」

おっほ、というような声を発して黒人は笑った。そうして我々のそばに腰をおろした。

「バス代六ドル元手をかけて、大丈夫かい」

「バス代どころじゃないわよ。東京からニューヨークまで飛行機で来たんだから」

のっぽの黒人は大げさに顔をしかめてみせた。それは、なんて馬鹿なことを！　という顔つきだったと思う。

「東京にはギャンブルはないのか」

「いいえ、東京にもあるわよ」

「じゃ、なんだってアトランティックシティに？」

「叔母さんから飛行機の切符を貰ったのよ」

「俺ならそうはしねえぜ。飛行機の切符を貰ったら――」とのっぽは笑いながらいった。

「まずそれを誰かに売って、スロットマシーンを一台買うんだ。それを家においといて、友だちに遊んで貰うね。こいつが一番だ」

「あんたは、プロギャンブラーなの」

「俺はそんなんじゃねえさ。ただ、定職がないだけだ」

見ろよ、とのっぽはいいながら、ポケットから紙片をとりだした。

「この三カ月ほどの、アトランティックシティまでのバス代だ。それから、スロットマシーンでとられた金額――」

その紙片には数字がごちゃごちゃと並んでいた。

「全部で百六十二ドルもだぜ。スロットマシーンに吸いこまれちゃった。まったくあいつは悪魔さ」

アトランティックシティの中央広場みたいなところにバスがついた。いかにも保養地らしく、太陽の光がさんさんとふりそそいでいる。タクシーも大型の、さしずめ官僚か社長が乗り廻すような奴が、デンと並んでいる。

「ハロー、ウェルカム——」

運転手もひどく愛想いい。そしてホテルのドアマンもフロントも、みんなキビキビしている。多分、まだ雇われて間もないのであろう。

保養地としてはさびれる一方で、近年は人口もガタ減りし、町の中に空家、貸家のフダが珍しくなかったこの町が、カーター当選で沸いた。西部の砂漠地ネヴァダ州以外に許可されていなかったカジノ設置を、当選の暁はこの地に公約していたのである。

それからはもちろん賛否両論で住民サイドでも大もめしたけれど、今年の六月、まず一つのリゾートホテルがカジノをオープンさせた。反対派は（おそらく中流以上の住民および別荘派であろう）席を蹴立《けた》てて他の町へ移動していき、賛成派（保養地に依存する商人プラスアルファか）に加えて各地から集まった失業者の群れが街を覆った。つまり、まるっきり別人種の町になったのである。

私はごく若いときからギャンブルと離れがたく育ってきて、この二十年ほどはほんの片手ぐらいしか実技に浸っていないにしても、ギャンブル人間であることにはかわりない。けれども、では、ギャンブル是か非かというと、非という側に立ちたい。私は、競馬も競輪も麻雀《マージャン》も、廃止大賛成である。自分が熱っぽくやっていた昔からそうである。すくなくともギャンブル場設置賛成派などというものに与《くみ》したくない。大矛盾、大手前勝手、それはわかっているけれど、そうである。

アンにそういうと、声を立てて笑った。彼女はここ一二年の私しか知らない。

「おどろいたわね。そうは見えなかったけど」

「俺がギャンブルを愛しているように見えるかね」

「そうじゃない。厚顔無恥よ。自分が好きなことをやってきて今さらそんなことをいうなんて。そういう大人が世を堕落させるわ」

「うん。――しかし俺はギャンブルをやめたわけじゃないぜ。年を老《と》って、自分にもうギャンブルが不要になったから、そういってるわけじゃない」

「自分の町に設置は反対だけど、他人の町ならいいの」

「いや、他人の町でも反対だ」

「建前と本音は別なのね」

「そうだけど、もうすこし深刻にそうなんだ」

「じゃァ、この町で旗でも振るといいわ」

「振りたいね。テラ銭で豊かになろうなんて考えちゃ駄目だ。ほんの一部をのぞいてその試みは成功しないよ。自分たち自身に犠牲者がたくさん出るよ。考え直したまえ」

「説教強盗というのが、昔、居たんでしょ」

「もしデモがあれば、その先頭に立ちたい」

「ふうん——」

「それでカジノが閉鎖されれば、もちろんここへも来ないし、用事もない。世界じゅうからギャンブルが無くなったとしたら、自分の家で静かにお茶でも呑んでいる」

「お気の毒ね。退屈でしょう」

「いや、その暁に、ギャンブルをちょっと復活させようという狼煙《のろし》があがれば、命がけでその運動に参加したい」

「これだからね。師匠《シヨウ》のいうことはむずかしいわ。東洋人の典型ね」

「もしその運動もおこらずに、四海波静かならば、きっと、法を犯して地下賭博に走ってしまうだろうな」

「無茶苦茶ね」

「お話にならない」

「結局、ギャンブル是なの、非なの」

「非さ」

「でも師匠《シヨウ》はやるんでしょう」

「まァその、どっちにも思い入れが深いという話なんだけどね」

リゾートホテルIは浜辺に臨んでおり、大西洋の青海原が間近に迫っている。浜辺にも、ホテルの中庭にも陽光を浴びるためのデッキチェアが並べてあるが、意外に人影がすくない。

それに反して、カジノは満員。

ラスヴェガスでも大ホテルのそれに匹敵するような広い室内に人がごったがえしており、二階の一部にはなお拡張工事がはじめられている。

朝、午前十時にカジノ開場というと、もう入口に列ができている。そうして私服の刑事みたいな人物が二三人立っていて、午前中はホテル止宿客でないと入場させない。

「街の人がカーッと熱くなるのを防止しようというんでしょう。ヨーロッパでもアジアでも、地元の人をいろいろ工夫して制限してるようだけど」

「そうも思えるが、こりゃァ止宿客に対するホテル側のサービスだろう。ジャッキイでもルーレットでも席を奪い合いする状態なんだから、止宿客優先というわけなんだ」

「アラ、そうなの」

「地元が入り浸ってしまうことに対する処置は、まだそこまで考えられてないね。いずれ問題がおきるだろうが、今のところは、地元だろうが観光客だろうが、根こそぎ奪っちまえという感じだ」

初日に場内を一巡して、私はアンに、ここは手強《てごわ》いよ、といった。老いたりといえども、ばくちに関してならそのくらいのことはひと眼でわかる。

ラスヴェガスや中米のカジノから、金にあかせて精兵を引き抜いたのだそうだが、そのディーラー達が、目下のところ、自分たちの腕を証明するために、張り切ってプレーしている。客に遊ばせる空気ではない。

また客の方も、開場三カ月ぐらいのところではまだ元気いっぱいで、怖いもの知らずで戦っている。そこいらが両々相まって、場内は全体にキビキビした仮借のない色がただよっている。ラウンジでは、色男と女性を中心にしたロックバンドがホットな演奏をしている。

私は人ごみを縫ってルーレットのそばにいき、折よくあいた席についた。しかし位置がわるい。1から36までの張り場のうち上半分、1から18までのところにしか手が届かない。

偶然賭《ケントクが》けをする初心者なら別だが、読み筋で張る者にとって、下半分が賭けられないとなると、配当率が五割損になるのと同じである。したがってこんな席で勝負の段階ではない。ツキを試す小手調べ。

百ドルをチップにかえて、何度か張った。その何度かめに、4、2、0、そして手を伸ばして16を押えた。カラララ——と廻っていた球が23に落ちた。

「ホラ、23だ——!」

とおどりあがるようにして、人々の背後に立って張っていた男が叫んだ。彼は23にかためて張っていた。見るとラウンジの唄い手である。今唄っていたと思ったのに、もう飛んできて張っている。相当好きなのであろう。

「ラッキーだ。でもすごいだろう——」

と彼は仲間に語っていたが、ディーラーがチラと唄い手を見た眼の色には、狙っていれてやったのさ、という感じがあった。

私はそれをしおに立ちあがった。23は16、4の右隣である。その次が私の手が伸びない35で、その右が14、2、になる。こんなところで負けていては仕方がないが、私はむしゃくしゃしていた。

唄い手にその席をゆずって、アンをともない、食堂に行った。

「アラ、もうやめるの」

「うん。アンを殴ったんで、この旅は罰を受けそうだ」

私はニューヨークで錯乱して、アンに平手打ちを喰わせているのである。

食堂は二階に二つ、地下にグリルがあったが、私たちは主食堂を敬遠して、いつも二階のヴァイキングに行っていた。ここは安いし、それに喰べたいものを取るのに言葉がいらない。

私は何よりも、パンとスープに眼が行く。本当はそれだけで、あとは何も積極的に手を出すほどの物がないのだが、まァなんとなく皿に何種類かの食物を取り揃《そろ》えてくる。が、おいしいと思うのは、パンとスープのみ。

そのスープをとるために、保温器の中で暖められている容器を手にとった。そうして卓上におき、スープをいれて再び容器の縁を持ったが、そのとき妙に、熱いな、と思った。

歩きだしてみると、指が焼けるかの如く熱い。篠山紀信氏ではないが、激射、である。私はあわてたが、持ちかえようにも手がふさがっている。指を離せば床にスープを撒《ま》くことになる。ジョン・ウェインのように顔色を変えずに自分の席まで、ようやく歩きついたが、指が本当に焼けていた。

スープを入れたから熱くなったのではない。私のつかんだ部分が、偶然、保温器の内壁にくっついていて、そこだけ火のように熱くなっていたのである。

私の親指の腹が、たちまち火ぶくれになってきた。

「またずいぶん我慢したものねえ」

「紳士が、スープをぶちまけるわけにはいかない」
「紳士はレディを殴ったわよ。スープぐらい我慢しなくたって——」
「まァしかし、罰が降ってきたよ。第一の刑は火あぶりだ」

ホテルの売店で売薬を呑んだけれども、咳はいっこうにおさまらないし、熱も出てきたようである。三十分もカジノ場に居ると、部屋に戻って寝たくなる。

そんな状態なので実戦気配は少しもよくならない。芽が出そうな気がしないので、一銭でも惜しいから、チップを張らずに、自分が張るべきところを内心で定め、ディーラーの投球を眺めている。

ディーラーの考えだけは、三度に二度はどうやら読める。ところが、13、1、00、10、とおいたつもりになっていると、27がくる。27は廻転盤《かいてん》の目順で、00と10の間である。10、29、12といくと、その間の25にくる。では対称形を造って12、29と9、26におくと、26の隣の30に落ちる。私はせいぜい三点か四点しか張らないようにしている。

いつも考えているのだが、こういう具合に不運というような形ではずれが続くときと、ディーラーの考えとこちらの考えがチグハグになってしまって、裏へ裏へと球が行ってはずれが続くことがある。これは、どちらがもっとも憂慮すべき状態なのだろうか。

「旅程はあと何日ある」

「予定はあと五日乃至《ないし》六日ね。でも帰りの切符はフリーだから、居たければ一生でもどうぞ」

「お金は旅費以外に一応百万円ぐらいだろう。ニューヨークで使っているから、ギャンブル資金としては三千ドルぐらいのものか。そうすると一日平均五百ドルしか使えない。二人でだよ」

「すくなかったかしら」

「いや、すくなければすくないでいいんだ。しかし、それなりに計画を立てなければならない」

「だって何も毎日やらなくたっていいんでしょ。ここぞという時に大勝負して、あとはカジノなんか見向きもしないってのも、プロらしいわよ」

「それは理想さ。自分の一生の残り時間をある程度計算しながら皆生きてるんだ」

「なんだかギャンブルをやる以外に生きる方法がないようにきこえるわね」

「味噌汁を呑むために生きてるんじゃない。しかし俺は毎日、味噌汁を呑む」

「ギャンブルは味噌汁なの」

「旅に出ればね。異国で俺にわかるのはギャンブルだけだ」

「それじゃ、毎日四五百ドルずつ、ギャンブルをどうぞ」

「だからね、今の持ち金で、バカラに手を出すことは危険なばかりでなく、条件としても悪い。何かでひとつ当てて、増やした金でバカラにぶつかる、こうでなくちゃいけない。どうすればそうなるか、それを考えるのがギャンブルさ」

アンは、師匠の薫陶の甲斐《かい》が徐々に現われて、この頃自信をつけてきた。カジノの種目の中でも一番レートの高い、経験を積んだ遊び人しか手を出さないバカラを、女だてらにやりたがる。盲蛇におじず、まだ張り額の調整ができないために大勝は望めないが、目を読むコツは呑みこんできたのである。だから心が逸《はや》るらしい。そうして師匠を馬鹿にする。

師匠の私は、カジノ場の中をただいたずらにぐるぐる歩き廻るばかりである。だからアンも、バカラ卓に坐ることができない。

「なんだか、財布が落っこちてるかどうか、探してるみたいね」

「そうだよ。ギャンブルは落ちてる財布をひろってくるようなものだ。だが、財布はなかなか落ちていない」

私はほんのときたま、ルーレット卓に立ちどまって、チラリ小銭を賭けてみ、そうして結局取られてしまい、ぶつぶつ呟《つぶや》いている。

アンはしかし、ルーレットにはめったに手を出さない。ルーレットの読みはバカラよりむずかしいし、だいいち、円盤の数字の配列を暗記し、瞬間的に手が動かなければならない。

「あらッ——」

とアンが立ちどまった。スロットマシーンの一台のヘッドランプが点滅しており、カチャカチャ、カチャカチャ——とコインが無限に流れ出ている。大当り《ジャック・ポット》である。それはいいが、その台の前に茫然と立ちつくしているのは、雲つくようなのっぽの黒人である。

「奴《やつこ》さん、やったな——」

三カ月で百六十何ドルとか損したというのっぽのことだから、チビチビ、しみったれて最低単位でやっていたのだろう。それにしたって、三列完成《スリーハンド》で最低三百ドルは出る。

「やったわね——」《ユーヴ・ダーネイ》

のっぽは振り向いてアンを見、それからゲタゲタ笑った。

「やったぞォ——」《ルック・アイヴ・ガッテイ》

勢いこんでまた機械にとりつこうとするのっぽを、私は制した。

「一度当てたら当分出ないよ。スロットマシーンは当りの比率が正確だから、またひと廻りしなくちゃ駄目なんだ。三百ドルなんかすぐ使っちまう」

「それじゃ、他の台をやろう」

「どの台が当りに近いかわからないだろう。そううまくいくもんか」

「じゃァ、これでやめろってのかい」

「君はツイてるんだ。百六十何ドルか、スッた分をポケットに入れて、百ドルだけ他のゲームをやりたまえ。きっと勝つよ」

黒人はアンの通訳をきくと、キナ臭そうな顔をして私の方を眺めた。

「勝たなかったらどうする」

「もし負けたら、百ドル、弁償するよ」

のっぽはキャッシャーに行ってコインを換えてくると、二百ドルをポケットにしまった。

「弁償は、ほんとかね」

私は頷《うなず》いた。

「じゃ、ジャッキイをやる」

「それがよかろう」

のっぽはブラックジャックの台の方に歩いていった。ここも混んでいるが、ジャッキイは台数が多いので、そう待たずに空席ができる。

最低レート一ドル、五ドル、二十五ドル、百ドル、この四通りあるうち、のっぽはどうしても一ドルの方に行きたがる。

私たちはなんとか、二十五ドルのレートの台に坐らせたい。

「同じことじゃないか。無くなれば保証するんだから――」

それでも彼は、五ドルの台に坐ってしまう。

私たちはのっぽの背後に立って、じっと彼が張るのを待った。

「どうするの」

「とおり、という戦法だ」

「とおり、って何」

「日本の賭場《とば》の言葉でね、この人のするとおりに私たちも賭ける、という意味だ」

しかし、のっぽはカードが配られていくのをじっと見守っているだけで、さっぱり手を出さない。

「何してるのよ。ぐずぐずしてるとツキが離れちゃうわよ」

それで、やっと、おずおずと五ドルチップをおいた。私たちもすかさず、彼の張り場所に二十五ドルチップを四つ重ねておく。

親フダが6である。まァあまり強いとはいえないフダだ。

のっぽのところにフダが来た。8と5、13だ。(ブラックジャックは21が最強である)

「止め《ステイ》——」

のっぽが野太くいった。まァ、親フダが悪いだけに、慎重策もわるくはない。しかし、のっぽ野郎、びびってもう一枚引く気をおこせないのじゃないかと思った。

「ツイてるんだ、信じろよ」

私はそういったが、七人の客に配り終って親フダをとる段になると、最初の6に、7、絵フダ（10）でドボン（21をオーバーするとゼロ）だった。

のっぽは五ドルの、私たちは百ドルの、それぞれの配当を鷲《わし》づかみにしてひっこめた。

次の親フダは9。

のっぽは五ドル、私たちは百ドル、張り額はそのままだ。

のっぽのフダは、絵フダ（10）と8だった。

「もう一枚《ヒット》――」

あッ、と私は思った。18である、ヒットして21をオーバーすれば文句なしに負けである。

ディーラーが3のフダをバチリとのっぽのところへおいた。

「ふうん――」とアン。

のっぽは身じろぎもせずに正面を向いている。

親フダは9と絵フダ（10）で19。

のっぽが背後を振り向いて白い歯を出した。私も無言で肩を叩いた。

次も、最初の張り額だけ置き放し。

親フダはエース（1にも11にも使える）。これに絵フダが来て二枚で21になると、役《トッピン》で文句なしの負けだ。

「保険《インシャランス》をかけますか」とディーラー。

張り額の半分を別におくと、親が役だった場合も負けをまぬかれる。そのかわり、もう一枚のフダを見て役でなかった場合、半額はその場で没収されてしまう。

保険をおこうとしたのっぽの手を、私は制した。

「そんなもの、無意味だよ」

のっぽの持ちフダは絵フダだった。そこにダイヤのエースが来た。二枚でトェニーワン。無条件に勝ちで、配当も五割増しだ。

のっぽは酔ったように、張りを五ドルチップ二つに増額した。私は増額しなかった。それから三十分間、若干の失敗もあったが、ほとんどを勝ち続けた。

「おい、もういいだろう、やめよう」

「何をいうんだ――」と彼はいった。「お袋が死んだってやめるもんか」

「しかし、もうツキが離れかけてるよ。これ以上やっても負ける」

「嘘だろう」

「俺はプロだ。野球だってプロは、ひと眼見て相手の素質を見抜くだろう。それと同じですぐにわかる」

のっぽはしぶしぶ立ちあがり、私たちと一緒にバーに祝杯をあげにきた。

のっぽはポケットを埋めた五ドルチップを残らずとりだして、卓の上に並べた。

「こりゃ驚いた。俺たちは気が合うなァ」

「まあね——」

「どうかね、ものは相談だが、ここに住みついてみないか、三人で暮すんだ」

「三人でか、それでどうする」

「カジノにかようんだよ。こんなすばらしい商売があるかね」

「勝つことばかりじゃないぜ」

「負けそうなときはバーで一杯やってる。お前は眼が利くんだろ。勝てるときだけやればいい」

「残念だが、それはできないんだ」

「どうしてだ。これ以上の話があるかい」

「そうだな、俺もそう思うが、俺たちは明後日の朝、マイアミに飛んで、バハマ諸島のナッソーに行かなければならない」

「何をしに行くんだね」

「——カジノをやりにさ」

「へええ――！」とのっぽはいった。「俺抜きでか」

風邪はますますひどくなっている。そのうえ、親指の火ぶくれが大きな水泡になっていて、絶えず気にかかる。私はかつぐ方ではないが、親指の指紋が崩れてしまったのはあまりよい辻《つじ》占《うら》に思えない。

風邪の売薬を呑んでいるので、私の持病の睡眠発作症《ナルコレプシー》用の薬を呑むのをさし控えている。したがって終日朦朧《もうろう》として、生けるがごとく、死せるがごとし。

それから間一日をおいて、私たちは記すに価する戦果もあげられぬままに、アトランティックシティをあとにした。

アンの話によると、飛行場のあるフィラデルフィアまで、ホテルで仕立てたバスに乗っていくという。そのバスは午前六時半にホテルの前から出発する。

「ずいぶん早いね」

「九時半の飛行機だから、八時半までにフィラデルフィアに行かなきゃならないの」

私は何時だろうとかまわない。絶えずぼーっとしているから朝昼晩の区別がない。

夜中の三時半頃カジノから帰って、ビールを一杯呑んで、ふと気を失い、お化けが面前を跋《ばっ》扈《こ》したと思ったら、六時のコールで起されて、荷物とともにフロント前に行った。

バスといっても、日本で温泉旅館が客の送迎に使うような小型のもので、客は私とアンだけ。まだ夜が明けていない。大柄ながっしりした黒人の運転手が、神経質に鼻をくすんくすんいわせ、布きれでハンドルをなめるように拭いてから、静かに発進させた。

「早くてお気の毒ね」

「いや、他《ほか》にもおとくいが居るからね。今からその人たちを順々にひろっていく」

彼は声も柔らかかったし、表情も豊かだった。運転も丁寧だ。欲求不満な態度はどこにも見られない。私は彼の家族やその周辺の人々を想像した。それから、ふとこう思った。彼には家族は居ないのではないか。どうしてそう思ったのか、よくわからない。ただ、眼に見えている理由があるとすれば、鼻をくすんくすんいわせすぎることだった。まったく彼は、どう坐っても自分の坐り方が気にいらないときのように、鼻孔の具合を気にしすぎた。

「この土地は、古くから?」とアン。

「いや、まだ二カ月だ。カジノがオープンしたというのでやってきたがね、まだ本格的な仕事をやらして貰えないのさ」

「ギャンブルはやった?」

「二度ほど。ギャンブルは俺には合わん。あんなもので人生が快適になるものか」

海沿いのリゾート地帯から、車は、碁盤の目状になった住宅地に入っていく。同じような文化的な住宅が、静かに眠っている。

運転手は信号で車を停めるたびに、頭上にはさんだ伝票を何度も見直して番地を確かめた。たしかこの辺だったがな、といいながらある一画でバスを停めた。

「さァ官吏さん、出てきておくれ――」

その人は市の役人で、週に何度か飛行機でワシントンに行くのだという。役人にしては小ぶりな家だが、白くペンキで塗った柵《さく》のある家のリビングらしい部屋の窓のカーテンが引かれ、初老の立派な顔立ちをした男が顔を見せた。その男は間もなく玄関から姿を現わし、ガウン姿だが化粧の濃い妻君も門口まで送ってきた。

運転手が抑揚をつけて低く呟いている。

「さァ世話を焼かせずに、乗りこんでおくれ――」

官吏が妻君とキスしたのち、こちらに足を向けると、運転手は飛び出していって彼の荷物をうしろに積みこんだ。

「いい朝ですな」

「いい朝だね」

「本当に気持がいいですな」

運転手はまた、くすんと鼻を鳴らした。いい朝なのかな、と私はぼんやり思っていた。そうらしくもあり、そうでなさそうにも思われる。なにしろ、朝はベッドに入っているのが一番だ。

それから、もう一カ所で、娘と、彼女を見送っていくらしい母親とを乗せた。運転手を含めた乗客の間でしばらくさりげない世間話が交されている。

東の空が白んできた。バスは町を出て、森を切り開いたような形の国道を走っている。テニスや乗馬の施設が眠っている。大きなスワンプが銀色に光っている。

アンに小突かれて、うとうとしていた眼をあけると、スワンプの向うから陽が昇るところだった。バスは長い大きな橋を渡っていた。バスの中が燃えるように明るい。私は斜め前の席の官吏の、やや冷たい顎《あご》の線を眺めていた。赤い頬肉が少したるんでいる。それからはじめて気がついたのだが、運転手の髭《ひげ》に白いものがたくさん混じっていた。若そうな身体《からだ》つきだったが、もう五十歳くらいかな、と思う。

幾つかの田舎町をすぎた。国道はそれらの町では目抜き通りになっており、公民館や学校が目立った。

フィラデルフィアは大きな河のほとりにある都市で、今までの風景とちがって、鉄の棒がかたまって地面に突き刺さっているように見えた。私たちのバスは、大きなインターチェンジを迂回《うかい》したのち、飛行場についた。

そこはもう平凡な朝の風景で、人々がただ小忙しそうに右往左往しているだけである。

私はほとんど眠ってばかりいて、アンに手をとられて按摩《あんま》が旅しているようなものであったが、午後二時すぎマイアミに着いた。

「さァ、ひと仕事よ」

「なにが」

「バハマ政府の出先機関に行ってビザをとらなければならないの。まさか、飛行場まで役人が出張してきてないでしょうから」

飛行場の人にきいても、出張などしてないという。

「アメリカ人はビザ無しで行けるんだけど、その他の国の人にはうるさいのよ。キューバが近いし、亡命ということもあるからでしょうね」

「俺は亡命したら一生唖《おし》で暮さなければならないな。言葉を覚えるどころか日本語も忘れちゃう」

「でも、どうしてバハマへ行くの」

「ああ、本当だ。どうしてだろう」

「今日じゅうにビザがおりないかもしれない。そうしたらマイアミに泊らなけりゃね」

バハマは近年独立して、観光立国だからカジノをやっている。けれども、いつもそうであるようにカジノで遊ぶためならこんな遠くに来なくてもよいわけで、来た以上カジノへは行くけれど、ギャンブルがしたくて来たわけではない。しかも、カジノへ行く以外に用事はない。

私はここ数年、ナッソー（バハマの首都）へは一度行ってみようといい暮してきた。それで旅程をアンがたてるときに、今回の旅の終点がナッソーであり、ここを中心に右往左往することが動かしがたい約束のようになった。そのため夜明け発《だ》ちして、実に面倒な思いをして、行かねばならぬ破目になる。こういうことはよくあるような気がする。

マイアミは、フロリダ州ばかりでなくアメリカ東海岸屈指の保養地にしては、あまり品のいい街とはいいかねる。下宿屋が発展してだんだん建て増していったような、凸凹《でこぼこ》の街である。

出先機関のあるビルの四階に行き、教えられた部屋の扉をあけると、体格のいい若い女性が大きな机に坐っていた。肌は黒いが、利発そうな眼が輝いた女性で、この国を代表する位置に坐るにふさわしい。

壁に、現大統領（二代目）の写真と一緒にバハマ諸島の絵図がかかっている。

その女性は私たちには非常にあいそよく、なおかつ迅速に処理してくれた。

もう一人、部屋の隅に心細げに坐っていた女性の旅客に対してもあいそよかったが、アンとその女性の会話によると、彼女はもう四日もビザがおりず、この地に停められているらしい。

「あのバハマの絵地図だけれどもね、無数の島で雑踏していて、いったい幾つあるのかわからんなァ」

「それがどうかしたの」

「バハマの子供に、自分の国の形を描けといっても、描ける子は居らんだろう」

マイアミからまた空高く舞いあがって、バミューダ海溝《かいこう》を見おろす。世界一の深さを誇るところで、だいぶ以前から飛行機や艦船が行方不明になる一帯である。

そうして青い大西洋の絨毯《じゅうたん》の中に、子供がノイローゼになりそうな不定形の島々がどっと現われた。

飛行機はバミューダの藻屑《もくず》とも化さず、無事地上におりたち、ナッソーの街を抜けてカジノホテルに到着したが、部屋に入って寝るだけのことである。

窓外はまったくの熱帯風景で、灌木《かんぼく》の林がどこまでも続いている。

「あれは、タガンタガンじゃないか。サイパンに群生していたのと同じだろう」

「そうかもしれないわね。でも以前にあたしが来た頃よりずっとよくなってるわ。あの頃は独立前だったし、もっとひどかった」

「そうだろうな。ビザをくれた女史から飛行場の赤帽《ポーター》まで、張りのある表情をしている。また今一番、希望が湧《わ》きあがっている時期でもあるんだ」

咳が、コーン、コーン、という音にかわっている。肺炎になっているのかもしれない。但し食欲はずっとある。その夜の夕食の記憶をよみがえらすと、オニオンスープ、サラダ、タルタルステーキ三百グラム、フライドポテト、パン二片、コーヒーとアイスクリーム。

「食欲促進性肺炎という奴かな」

「肺炎性食欲という病気じゃないの」

たっぷり食べて、カジノ場を散歩していると、突然くらくらと来た。睡眠発作の襲来である。こういうときは部屋にひきかえせばよろしいが、カジノ場から部屋のある建物まではかなり離れている。かといって、ソファに倒れこむと本格的に寝てしまい、監視員がわからぬ言葉でうるさくつきまとってくるおそれがある。

ルーレットは五台あったがそのうち一台がわりに閑散としていたので、まず張るふりをして席についた。曖昧《あいまい》が朦朧となった按配《あんばい》で百ドル札を出し、チップと換えようと思うが、ディーラーが相手にしてくれない。うす目を開いてよく見ると、卓の端の標示を指している。そこにはレディスと記してある。女性専用のルーレットなのだった。

翌日、いくらかしっかりした眼で場内を見渡してみたが、カジノ場は全体に閑古鳥が鳴くばかりのようである。おそらく、アトランティックシティの開場の影響であろう。ホテル自体は混んでいて、プールサイドやテニスコートは人混みのくせに、ギャンブル好きの客は減ったらしい。

だから、わずかな客もファミリーがほんの運だめしというような客ばかりで、十ドルも使えば、早々に逃げるように立ち去ってしまう。アトランティックシティのあの熱気とはくらぶべくもない。

では、カジノ側がいいかげんに遊ばしておいてくれるかというと、とんでもない、である。私は朦朧としていたせいもあるが、ここのルーレットには音をあげた。

「こんなところはまず全世界にないね。すごく軽い球を使っている。見ていてごらん、五回に一度は廻転盤から球がはずんで外へ飛びだしてしまう。これじゃやれんね」

普通、重めのと軽めのとあって、客のツキ方によって、うまくチェンジし、球の落ちる場所を変える。それはどこでもやるが、こんなピンポン玉みたいに軽くバウンドするやつは使わない。

「これじゃァ駄目だ。はずんじまってどこへ入るかわからない。客ばかりでなくディーラーにもわからん。今、ゼロを狙うとすると、三回ぐらい投球しなくちゃゼロに入らんよ。これじゃァこちらもゼロにチップをおけないじゃないか」

「そうすると、どうなるの」

「どうもならんさ。お互いに、偶然を当てこむだけだ。それならハウス側が有利。自力の介入する余地はないね」

バカラは、客がなくてオープンしてない。

「それじゃァ、アトランティックシティのように、ツキはじめている人をみつけましょう」

「あんなこと、そうそうあるもんか」

「何かいい手はないの」

「打つ手なしだ」

私は部屋のベッドと食堂を往復するだけで翌朝の出発まですごした。もっとも、咳が最高潮に達しており、何をするのも億劫《おつくう》なせいもある。アンを殴ったことに対する第二の罰は風葬の刑であるか。

はるばるバハマまできたが、往きと帰りにチラと車内から眼にしただけで、この島の風物も見ず（もっともいつもそうであるが）、来た以上は引返さなければならない。

ナッソーからマイアミへ。

実は、当初の予定はまだコースがあり、帰りにチャタヌガ（テネシー州）に寄ることになっていた。フォークナーの南部小説の雰囲気《ふんいき》をとどめている中都市で、そこにアンの親友夫妻が居る。ご亭主は飛行家だそうで、すでに我々の訪問を知って、客用のベッドを新しくしつらえたという。しかしこの調子では訪問は無理である。また出直してこよう。

「出直すといっても、出直しにくいでしょうけれどね」

「しかし、肺炎患者が風邪をうつしに行くようなものだ」

アンは未練があったようだし、私も南部の一家庭はのぞき見たかったが、評議一決、ロサンゼルス直行の切符を二枚買った。

「明日、風邪が直ったら、ヴェガスへちょっと寄ってみてもいい」

「あらッ――」

「風邪が直ったらさ」

ゲートの方に歩きだそうとすると、今着いた便の乗客に混じって、のっぽの黒人がゆらゆらと歩いている。

「おや――!」

彼はハンチングでなく、鍔《つば》をぴんとあげた真新しい中折《なかおれ》帽をかぶっている。

「ハーイ、俺もナッソーへ行くよ。俺たちは三人組だ。きっと会えると思ったよ」

飛行機代も浮かしちゃったんだな、と私はアンにいった。

「あれからじゃんじゃん稼いだぜ。だが南の方がいい。さァ、ナッソーへ行ってバハマを占領しよう」

「いいえ、残念だけどあたしたちはこれから、ロサンゼルスへ行くのよ」

「ロスへ? 何しに」

「――ラスヴェガスに行くの」

「ヴェガス？　ヘーイ、君たちはいったい――」

ロスにはその日の深夜に着いて、飛行場のそばのホテルに泊った。私はぐったりしてかぼそい息を吐きながらいった。

「アン。君ひとりでチャタヌガへ引返せよ」

「また急にどうしたの」

「だって、向うも待ってるし、君も親友に会いたいだろ。ロスまでくれば俺はあと一人でも帰れる」

「どうかしらね、心配で最後まで眼が離せないわ」

アンは結局チャタヌガへ行く気になり、ロスの空港で私のためのチェックインをすまし、私はパスポートと搭乗券をアンの手から受けとった。アンの計算によれば今回の旅程は二万キロに達するのだそうで、二万キロの果てに二人が右と左に別れるのである。

さようなら、気をつけて、といい合って私はゲートに入るための廊下をふらふらと歩いた。ところが搭乗券が無いのである。どこを探しても見当らない。私は立ち往生をした。それからチェックインの場所へ引返した。アンがそのへんに居なかったら、立ち往生したまま一生をロスの空港ですごさねばならぬ。乞食《こじき》になろうとも、外国語は私の口をついて出ない。

幸運にもアンはまだそこに居て、私の姿を見、事情をきくなり、

「それごらんなさい。もう時間がないわよ」

航空会社の人が機内に連れていってくれることになった。

機内は超満員で、こういうときに限って、私の席の両隣が、口うるさそうな初老のアメリカ婦人だ。人混みで、咳こんでばかりいては気持を悪くするだろう。私は咳を我慢し、睡眠発作で失敗しないように、緊張しきっていた。

そうして十何時間。

成田へあと三十分というあたりで、緊張が限界に達したらしい。

古本屋の親爺《おやじ》がいきなり私の前に現われた。子供の頃、近所に汚ない古本屋があり、江戸川乱歩の小説に出てきそうな親爺が店番していて、なんとなくうす気味わるかった。その親爺が、私が曳《ひ》く人力車に乗っていて、顔を近づけてくるのである。

避けようにも身体が動かないので、息でふうふう吹いて吹き払おうとした。

「——どうかなさいましたか」

スチュアーデスの声がきこえた。ハッとして眼をあけると、こはいかに、隣のアメリカ婦人の股《また》の間に私の手が入って、椅子をつかんでいる。そうして、アメリカ婦人の顔面を、ふうふうと吹いていたのである。

驚愕《きょうがく》して身をのけぞらせているアメリカ婦人。私は身のおきどころがない。しかも、もう舌がひきつってしまって謝罪の英語が出てこない。

ええいもう、仕方がない。狂人と思われてしまおう。アメリカ婦人も、日本の印象が極悪になったであろう。私も、アンを殴った刑罰がどこまでも続いているような思いで、しゅんとなっていた。

P+D BOOKS ラインアップ

居酒屋兆治	山口 瞳	●高倉健主演映画原作。居酒屋に集う人間愛憎劇
血 族	山口 瞳	●亡き母が隠し続けた私の「出生秘密」
家 族	山口 瞳	●父の実像を凝視する『血族』の続編的長編
江分利満氏の優雅で華麗な生活 《江分利満氏》ベストセレクション	山口 瞳	●〝昭和サラリーマン〟を描いた名作アンソロジー
血涙十番勝負	山口 瞳	●将棋真剣勝負十番。将棋ファン必読の名著
続 血涙十番勝負	山口 瞳	●将棋真剣勝負十番の続編は何と〝角落ち〟

P+D BOOKS ラインアップ

人間滅亡の唄　深沢七郎　●〝異彩〟の作家が「独自の生」を語るエッセイ集

アニの夢 私のイノチ　津島佑子　●中上健次の盟友が模索し続けた〝文学の可能性〟

楊梅の熟れる頃　宮尾登美子　●土佐の13人の女たちから紡いだ13の物語

記憶の断片　宮尾登美子　●作家生活の機微や日常を綴った珠玉の随筆集

幼児狩り・蟹　河野多恵子　●芥川賞受賞作「蟹」など初期短篇6作収録

ウホッホ探険隊　干刈あがた　●離婚を機に始まる家族の優しく切ない物語

P+D BOOKS ラインアップ

海市　福永武彦　●親友の妻に溺れる画家の退廃と絶望を描く

風土　福永武彦　●芸術家の苦悩を描いた著者の処女長編作

夜の三部作　福永武彦　●人間の〝暗黒意識〟を主題に描く三部作

夢見る少年の昼と夜　福永武彦　●〝ロマネスクな短篇〟14作を収録

加田伶太郎 作品集　福永武彦　●福永武彦〝加田伶太郎名〟珠玉の探偵小説集

廃市　福永武彦　●退廃的な田舎町で過ごす青年のひと夏を描く

P+D BOOKS ラインアップ

罪喰い	赤江瀑	●"夢幻が彷徨い時空を超える"初期代表短編集
春喪祭	赤江瀑	●長谷寺に咲く牡丹の香りと"妖かしの世界"
おバカさん	遠藤周作	●純なナポレオンの末裔が珍事を巻き起こす
宿敵 上巻	遠藤周作	●加藤清正と小西行長 相容れぬ同士の死闘
宿敵 下巻	遠藤周作	●無益な戦。秀吉に面従腹背で臨む行長
銃と十字架	遠藤周作	●初めて司祭となった日本人の生涯を描く

P+D BOOKS ラインアップ

P+D BOOKS ラインアップ

残りの雪（上） 立原正秋 ●古都鎌倉に美しく燃え上がる宿命的な愛

残りの雪（下） 立原正秋 ●里子と坂西の愛欲の日々が終焉に近づく

剣ケ崎・白い罌粟 立原正秋 ●直木賞受賞作含む、立原正秋の代表的短編集

サド復活 澁澤龍彥 ●サド的明晰性につらぬかれたエッセイ集

マルジナリア 澁澤龍彥 ●欄外の余白（マルジナリア）鏤刻の小宇宙

玩物草紙 澁澤龍彥 ●物と観念が交錯するアラベスクの世界

P+D BOOKS ラインアップ

都心ノ病院ニテ幻覚ヲ見タルコト　澁澤龍彦　●澁澤龍彦が最後に描いた〝偏愛の世界〟随筆集

秋夜　水上 勉　●闇に押し込めた過去が露わに…凛烈な私小説

五番町夕霧楼　水上 勉　●映画化もされた不朽の名作がここに甦る！

やややのはなし　吉行淳之介　●軽妙洒脱に綴った、晩年の短文随筆集

焰の中　吉行淳之介　●青春＝戦時下だった吉行の半自伝的小説

男と女の子　吉行淳之介　●吉行文学の真骨頂、繊細な男の心模様を描く

（お断り）

本書は１９８２年に新潮社より発刊された文庫を底本としております。
あきらかに間違いと思われるものについては訂正いたしましたが、
基本的には底本にしたがっております。
また、底本にある人種・身分・職業・身体等に関する表現で、現在からみれば、
不当、不適切と思われる箇所がありますが、著者に差別的意図のないこと、
時代背景と作品価値とを鑑み、著者が故人でもあるため、原文のままにしております。

色川武大（いろかわ たけひろ）
1929年（昭和4年）3月28日—1989年（平成元年）4月10日、享年60。東京都出身。1978年に『離婚』で第79回直木賞を受賞。代表作に『怪しい来客簿』、阿佐田哲也名義で『麻雀放浪記』など。

ぼうふら漂遊記

2018年3月12日　初版第1刷発行
2023年12月6日　第4刷発行

著者　色川武大

発行人　五十嵐佳世
発行所　株式会社　小学館
〒101-8001
東京都千代田区一ツ橋2-3-1
電話　編集　03-3230-9355
販売　03-5281-3555
印刷所　大日本印刷株式会社
製本所　大日本印刷株式会社
装丁　おおうちおさむ（ナノナノグラフィックス）

ISBN978-4-09-352331-8

P+D BOOKS